# 大江戸けったい長屋



之助

沖田正午

時代小説
二見時代小説文庫

# 目次

# 大江戸けったい長屋——ぬけ弁天の菊之助

# 第一話　ぬけ弁天の菊之助

## 一

「えらいこっちゃで……菊之助《きくのすけ》はん、起きてくれまっか！」

　大江戸八百八町の夜がまだ明けきらぬ東雲《しののめ》といわれる早朝、浅草諏訪町《あさくさすわちよう》の裏長屋『宗右衛門《そえもん》長屋』でのことである。

　上方《かみがた》弁と同時に、ドンドンドンと激しく戸口の叩かれる音で菊之助と呼ばれた男が目を覚ました。

「誰だい、朝っぱらから……？」

　夜酒が過ぎて、頭が重い。不機嫌そうな声を発して、菊之助は上半身を起こした。

「菊之助はん、はよう起きて……」

「……大家《おおや》の高太郎《たかたろう》か」

女物の長襦袢《ながじゅばん》が、寝相の悪さで乱れている。菊之助は、めくれた襟元を整えながら起き上がった。五歩も歩けば戸口の三和土《たたき》に下りられる。つっかえ棒を外し、障子戸を開けた。

「こんな朝っぱらから、どうかしたんかい？」

「朝はようから、えろうすんまへん」

「謝まんのはいいけど、あんたの大声で長屋のみんなが目を覚ましたみてえだぞ」

高太郎と呼ばれた大家が振り向くと、向かいの棟《むね》の、六軒の戸口がみな開いている。何ごとがあったかと、一様に訝《いぶか》しげで且《か》つ不機嫌そうな住人の顔が向いている。

「なんでもありゃしまへん」

高太郎は住人たちに向けて声を飛ばし、中に入ると障子戸を閉めた。

「なんでもねえってことは、ねえだろ。こんな朝っぱらからでけえ声を出しやがって」

この菊之助、身の丈五尺四寸ほどで男としてはあまり大きいほうではない。顔容姿は細面《ほそおもて》で、いく分化粧を施せば女としても世間に通る。一見優男《やさおとこ》であるが、姿見と性格は段違いである。外見は柔《やわ》であるが、内面は剛の者といった風《ふう》である。

普段でも菊之助は、女物の長襦袢を下に着込み、その上に纏《まと》う小袖《こそで》の柄《がら》は派手なものを好んで傾奇者《かぶきもの》を気取る。

有松蜘蛛絞り《ありまつくもしぼ》の真っ赤な長襦袢のまま、何も羽織らず上がり框《かまち》に腰をおろし、大股広げて大家の高太郎と向かい合った。

「いったい何があったたい？」

叩き起こされた腹いせの怒り口調は、女形《おやま》の姿見とは真反対の無頼《ぶらい》そのものである。伝法《でんぽう》な江戸弁と上方弁の商人言葉が、狭い三和土で絡み合う。

「菊之助はんに、相談がありましてなあ……」

「お願いってのは、家賃かい？　金ならないよ。こっちから、大家さんに貸してくれって頼もうかと思ってたくらいだ」

朝から銭の催促かと、菊之助の顔は仏頂面《ぶっちょうづら》となり、声音《こわね》は不機嫌そのものである。

「家賃なんかじゃおまへんのや。できればそれもお願いしたいんやけど、相談とは別のことでんねん」

高太郎はまだ二十歳前後に見える、若い大家である。先代の父親が八年ほど前に、長屋を買い取った。長屋の正式な名称は『宗右衛門長屋』とある。一月《ひとつき》ほど前にその先代が病死し、倅《せがれ》の高太郎が跡を継《つ》いだのであった。

江戸生まれであっても、高太郎はずっと上方弁で通している。それを直そうとはしないのは、三代前の先祖が大坂《おおさか》から来て材木屋を開業し、家訓として江戸言葉は禁止していたからだ。浪速《なにわ》の商人としての矜持《きょうじ》もあるがもう一面、江戸は大坂より下だと、戦国の世から見下《みくだ》している上方人の気質がある。「――家康《いえやす》はんより秀吉《ひでよし》はんのほうが、偉いおますさかいな」というのが、上方人の根強い言い分であった。

「こんなに朝早くから相談ごとってのは、いったいどんなことだい？」

次第に怒りも治まってきたか、菊之助の口調が普段のものに戻っている。

「こんなところでは、話もなんだ。上がりなよ」

菊之助が、狭い座敷に高太郎を導いた。敷布団を畳み、夜具を片付け六畳の中ほどで、腰をおろした。

「銭金《ぜにかね》のことではおまへんのや。ちょいと、こいつを見てもらおうと思いましてな」

高太郎が懐《ふところ》から紙片を取り出すと、胡坐《あぐら》をかいて座る菊之助の前に差し出した。

「店の戸口に、こんなもんが挟んでありましてな……手代が見つけてきよりまして」

菊之助の肌蹴《はだけ》た襦袢の裾《すそ》から、毛脛《けずね》がのぞいている。その足元に、高太郎が紙片を広げて置いた。

「なんて書いてある？　それにしても、ずいぶんと下手《へた》くそな字だな」

蚯蚓《みみず》がのたくったような文字で、三行に亘《わた》って書かれてある。菊之助が、紙片を手にすると、声にして読みはじめた。首を傾げながらで、かなり読みづらそうである。

「なになに……けったいながやに火をつけられるのがいやなら五十両　いや十両でいいから金をだせだと」

「けったいでっしゃろ。えらいこっちゃと思いましてな、それで菊之助はんに……」

「これは、立派な恐喝《きようかつ》じゃねえか」

「どない思いまっか、菊之助はん？」

大家の高太郎の本業は、浅草諏訪町の蔵前《くらまえ》通りに面したところで『頓堀屋《とんぼりや》』という屋号の材木屋を営んでいる。宗右衛門長屋は、大通りを挟んで向かい側の棟割り長屋である。諏訪神社とは、背中合わせで隣り合っている。神社の塀が、長屋の奥にあたる。

六畳一間の手狭な部屋が一棟に六軒、それが二棟、向かい合わせに建っている。都合十二世帯が住める造りであった。

八年前の安政《あんせい》二年十月に発生した大地震で長屋は潰《つぶ》れ、そのときの大家は不慮にも家の下敷きとなって死んだ。その長屋を、当時羽振りのよかった高太郎の父親孝三郎《こうざぶろう》が財を投げ打ち買取り、建て直したのである。以来、宗右衛門長屋と名がついた。宗右衛門とは、浪速の宗右衛門町から取った名であった。だが、そこを宗右衛門長屋と呼ぶ者は少ない。通り名は『けったい長屋』である。それは大家孝三郎の口癖であった「けったいやなあ」という言葉からきていた。近所では、その名のほうが通りがよい。

けったいとは上方の言葉で、江戸では妙ちくりんとか、変ちくりんという言葉に置き換えられる。そうしたらこの長屋に、けったいなほどお人好しで人情味溢れる人々が住みつくようになっていた。

けったいなほどお人よしの、筆頭といえるのが菊之助である。

大家の高太郎が、その菊之助に相談をかけた。この菊之助という男、姿見からでは想像できないが、喧嘩は強いしはったりも効く、かなり骨太の男である。頼り甲斐があると、長屋の住人たちからすこぶる受けがよい。それを頼って、大家の高太郎は朝早くから相談を持ちかけてきたのである。

真っ赤な長襦袢を着込み、裾から毛脛を出して菊之助が考えている。片袖をたくし上げると、二の腕に彫った緋牡丹《ひぼたん》があらわとなった。

「この長屋に、火をつけられてはたまらねえなあ。住むところが、なくなっちまう」

「どないしたらよろしいやろ？」

高太郎が、菊之助の顔をのぞき込むようにして訊《き》いた。

「どないしたらと言われてもな、どないしたらいいんや？」

菊之助が、上方弁で合わせた。

「それにしても、こんな下手くそな字でよく脅しなどできるもんだ。そうか、こいつはいたずらだ。放っておけばいいさ」

「なんで菊之助はんは、いたずらと言いなはるんで？」

「金が欲しいといっておきながら、どこにも受け渡しの段取りが書いてねえ。ふつう、そんなのってありえねえだろ。いついっか、どこそこに金を持ってこいと、必ず書いてあるもんだ」

菊之助は口が男で、女が好むような派手な衣装を身に纏《まと》う遊び人だった。

「あのう、菊之助はんは、どっちが本当なんで？　男か女か……」

恐る恐るの口調で、高太郎が訊いた。

「知らざあいってきかせやしょう　ぬけ弁天《べんてん》の菊之助たあ　おれのこと」

にわかに、芝居仕立ての口調となった。

この菊之助、二十五歳にもなる男である。

徳川《とくがわ》四天王本多《ほんだ》家の枝の枝となるが、五千石大身旗本《たいしん》・本多平左衛門《へいざえもん》の四男に生まれた菊之助は、文武に傑出した逸材と誰もが信じて疑わなかった。

十歳のころは神童と呼ばれ、将来も嘱望されていた。家督は継げぬも、然《しか》るところの大身旗本、いや大名家の養子縁組の話まで浮上していた。

菊之助は、子供のころまでは、真面目《まじめ》にやっていた。

学問に勤《いそ》しみ、剣術の稽古も怠りなかった。それが、徐々《じょじょ》にわき道に逸《そ》れだしたのは、十五歳の元服が過ぎたころからである。それは、少年期に菊之助が受けた小さな出来事が元凶となっている。

菊之助の脳天には三つほど小さな点が、傷跡として残っている。それが、元服を過ぎても心の中に、わだかまりとしてあった。

十一歳のとき、庭で剣術の稽古をしていたところで鴉《からす》に襲われ、鋭い嘴《くちばし》で突っつかれた傷である。鴉ごときにしてやられたと、自分への悔しさもあるが、人の嘲笑が何よりも屈辱であった。

「——その傷は鴉にやられたんか？」

アハハと笑われ、会う人ごとに馬鹿にされる。それが、腹立たしくて仕方がない。

元服すると、前髪を取り月代《さかやき》を剃らなくてはならない。鴉の傷跡を他人に見られるのがいやで、菊之助は総髪にすることに決めた。それを、親は猛烈に咎《とが》めた。

先祖代々厳格で、さらに武骨な家系である。

「――わが本多家は、三河以来の由緒ある家柄ぞ。武士は月代があってこそ、なんぼのもの。そんな浪人みたいな頭、まかりならん。本多家には祖である平八郎忠勝《へいはちろうただかつ》公から受け継がれてきた、本多髷《まげ》という伝統の髪形がある。それにしなさい」

菊之助が道を逸《そ》れたのは、その時分からである。そして、武士とは違う道を模索した。まずは、頭の傷をからかった者たちを、片っ端から剣術の稽古にかこつけ木剣で打ちのめした。そのへんの若者が束となっても、剣術の腕は菊之助には敵《かな》わない。それと同時に、町屋でちょっとした遊びを覚えた。

遥かに、武家の生活よりもおもしろい。博奕《ばくち》はするわ喧嘩はするわで、神童が極道《ごくどう》へと変わった。

牛込《うしごめ》の別当《べっとう》二尊院《にそんいん》・通称抜《ぬけ》弁天近くにある本多の屋敷にはほとんど戻らず、昼夜を宿場で栄えた内藤新宿《ないとうしんじゆく》の町屋で過ごした。そのころから菊之助の身形《みなり》も、総髪を月代のない若衆髷に結い直す。女物の襦袢を下に着て、派手な小袖を纏って歩く、戦国無頼を髣髴《ほうふつ》させる傾奇者へと変身していった。

「――おれの名からして、こんな格好が似合うぜ」

肩に木剣を担ぎ、派手な衣装で無頼を気取る。やがて、武家の生活に馴染《なじ》めないのなら家を出ていけと、とうとう本多家を勘当《かんどう》されるまでに至った。

二十歳にして菊之助は、屋敷を追い出され、近くにはいられないと遠く離れた浅草の町屋に移り住んだ。そして、菊之助は本多の家名を捨て、以来その姓を名乗ったことは一度もない。

ぬけ弁天の菊之助と名乗る由来は、幼馴染の弁天様からであった。

旗本の四男坊として生まれたが、武士がいやで家を飛び出し、以来浅草の住人となった。そして、五年ほどが経つ。

浅草猿若町《さるわかちょう》の市村座《いちむらざ》にかかる狂言『白浪《しらなみ》五人男』は、いくたび観たか分からない。とくに弁天小僧菊之助に感化され、その役に成りきりたくて、女形の趣味が高《こう》じていた。

この菊之助、普段は総髪に伸ばした浪人髷である。菊や桜の丸模様の小袖を好み、それを市松柄の角帯《かくおび》で留めている。人《ひと》はそれを、傾奇者といって蔑《さげす》んでいるが、菊之助には頓着《とんちゃく》などない。ときによっては稀に、自毛を娘島田《むすめしまだ》に結い、花柄模様の振袖を着込みまったくの女形となることもある。

菊之助が芝居調の見得を切ったところで、高太郎から声がかかった。

「あのう、芝居はよろしゅうおますから、この書付けどないしたらよろしいやろ？」

「だから、放っておけと……いや、ちょっと待てよ」

煙管《きせる》を咥《くわ》え、行灯《あんどん》から火を取り一服《いっぷく》吹かして菊之助は考えている。姿は女だが、見せる態度は剛健な男そのものである。それを高太郎が、頼もしげな表情をして見やっている。

「菊之助はんだけが、頼りでおますさかいなあ」

心根が、高太郎の口を吐《つ》いた。高太郎の上方弁は、大坂の人に聞かせたらどこかおかしい。やはり、江戸生まれでは生粋《きっすい》とはいかないのであろう。先祖代々の遺言で、無理をして上方訛りにしている。

「今、考えているところだから、話しかけないでくれ」

「そら、すんまへん」

正座をして、高太郎は菊之助の言葉を待つ。やがてカツンと音をさせ、煙草《たばこ》盆に吸殻を飛ばして、菊之助は顔を高太郎に向けた。

「大家さんに、心覚えはないので？」

「まったくといっていいほど、ありまへんなあ」

「ありまへんてことは、ないだろうよ。ようく、思い出してみな」

菊之助から押され、高太郎が考えている。

「たとえば、家賃が滞《とどこお》ってる住人がいて、そこにやんやの催促をして虐《いじ》めてるとか」

「虐めてる人なんか、誰もおまへん。ただ一人だけ、半年も溜めてる人がおりますけど……」

「半年もかい。誰なんで、そいつは?」

「菊之助はん、あんたでんがな」

「おれかい……」

菊之助が、急にそわそわとしはじめた。

「家賃だけではおまへんで。二年前にここに越してきたときにお貸ししました五両も、まだ返してもろうておまへんさかいな」

菊之助にとって、やぶ蛇《へび》であった。家賃以外にも、借金の催促までされてしまった。金にはけっこうずぼらな男である。それでもなんとか糊口《ここう》を凌げるのは、菊之助の根底にある人間性と甲斐性が織り成す技《わざ》といえる。男でも女でも、他人《ひと》からは、放っておけない類《たぐい》の人間と思われている。なので、大家の高太郎に迷惑をかけてはいるものの、これまで衣食住で困ったことはない。働かなくても食っていける、他人が羨む部類の男であった。

「さっきも言いましたとおり、きょうはその催促に来たんやおまへん。だから、心配なさらんといてください」

「そうですかい。でしたら、真剣に考えてやらないとあきまへんな」

高太郎の上方弁が、またも菊之助に移った。

「……それにしても、いったい誰が？」

呟きながら、菊之助はもう一度書付けを読み直した。

〈けったいながやに火をつけられるのがいやなら五十両　いや十両でいいから金をだせ〉

どう読んでもそれだけしか書いてない。

仮名の多い文章と下手な文字は、教養のある者とは思えない。だからといって、下賤な者とも限らない。ここにある深い意味を、菊之助は解いた。

「この長屋の中で、おれ以外に、今お金に困っている人はいないかな？」

菊之助の疑いは、長屋の住人に向いた。

「長屋《ここ》の住人を疑っていなはるのでっか、菊之助はんは？」

「ああ、そう見ている。なので、火を付けるってのは、本気ではないな」

「なぜに、本気でないと分かるんです？」

「本気だったら、五十両を十両にまけたりはしないだろ。そこには、遠慮というのがあるからよ。そんな奴に、火付けのできるわけがない。それと、このあまりにも下手くそな字は、酔っ払って書いたとしか思えないな。子供だって、こんな下手な字は書かんぞ」

「なるほど、さすが菊之助はんでんな。細かいところをよく読みなはる」

高太郎が、感心した面持ちで言った。

菊之助が、けっこう真剣に考えている。それを、高太郎が頼もしげに見やっている。

芝居の弁天小僧は名代の悪党であるが、このぬけ弁天の菊之助は、それとはまったくの逆を行く正義漢である。人からものを頼まれたら、いやとは言えない性格の持ち主である。大家の高太郎も、菊之助のそこを見込んだのであった。

「それと、もう一つあるな」

「なんでんね？」

「高太郎さん、あんたがとてもいい人だと知ってるからよ」

「手前がでっか？」

「ああ、そうだ。だから、大家さんなら十両くらい出してくれると思ったんだろうよ。それと、親父が先だって死んで、頓堀屋の屋台骨を引き継いだだろ。金をふんだんに持っているのを知ってのことだ」

火事や地震の災害が起きるたびに太っていくと、他人の妬《ねた》みややっかみを買う商いでもある。そうやって、先祖から頓堀屋は身代《しんだい》を伸ばしてきたが、跡を継いだ高太郎は実直な男である。そんな男が、他人から怨みを買うことはなかろうと菊之助は見抜いていた。

「ようく、思い出してみな。誰か、金に困っているようなことを言ってなかったか？」

「金に困っていそうなのは、あんたはんだけですが……下手くそな文字といえばきのうの宵五ツごろ、大工の政吉《まさきち》はんがえろう酔っ払って裏木戸を通っていきはりましたなあ」

文字が酔っ払っているというところに、高太郎の気が向いた。

「大工の政吉が？　あの男はいつも酔っ払っているぞ」

「ですが、尋常でなくえろう……あの様子じゃ、なんかあったんでっしゃろ」

「なんかって、なんだ？」

「わてに訊いたかて、分かりまへんがな」

ならば、政吉のところに行って直《じか》に訊こうとなった。

二

日が昇り、外は明るくなっている。そろそろ江戸の人々が起きて動き出すころとなった。浅草寺《せんそうじ》から明《あけ》六ツを報せる鐘も鳴りはじめた。

菊之助は襦袢の上に、赤黒の市松模様の派手な小袖を引っかけると軽く帯で留め、高太郎と一緒に外へと出た。

「おや、菊ちゃん。朝から様子がいいねえ、まるで市村座の弁天小僧が乗り移ったみたいだよ」

井戸端で、朝餉《あさげ》の仕度をしているかみさん連中から茶化される。芝居から抜け出てきたかのように、傾《かぶ》いた菊之助の姿に、長屋の女房たちはぞっこんである。

「おはよう、みなさん。朝から精が出ますねえ」
四、五人いる住人の女房連中を見回し、機嫌のよい声をかけた。その中に、大工政吉の女房お玉《たま》も交ざっている。普段は陽気で明るいお玉が、塞《ふさ》いでいる様子だ。菊之助には目もくれずに、独り黙々と牛蒡《ごぼう》の泥を落としている。

「……やはり何かあったようだな」

菊之助は、お玉に目をやり呟いた。そして大家の高太郎と共に、向かいの棟の、木戸から二軒目の障子戸の前に立った。

「あら、菊ちゃんと大家さんが、お玉ちゃんちに入っていくよ。何かあったんかね？」

「なんだか政吉さん、ここんとこ仕事に行ってないみたいだよ」

お玉に目をやりながらのひそひそ話に、長屋のかみさん連中も政吉の家の様子は気になっているようだ。

菊之助の、一挙手一投足が気になる女たちの目が向くが、それにはお構いなく菊之助は障子戸に手をかけた。

「ごめんよ、政吉さん」

声を中に投げるも、返事がない。

「あのう、何か……？」

すると、背中からお玉の声がかかった。まだ、二十歳を少し過ぎたばかりの若い女房である。名が表すように、玉のように丸い顔の眉間《みけん》に皺《しわ》を寄せ、不安げな様子で立っている。

「政吉はんは……？」

高太郎が問うた。

「まだ、寝ていますが」

職人が寝ている刻限ではない。めしを食い、そろそろ仕事に出る仕度に取りかかるころだ。

「ほなら、きょうの仕事は？」

「中に、入っていただけますか」

高太郎の問いには答えず、うしろの井戸端を気にしたお玉が、二人を家の中へと押し込んだ。障子戸を閉めると、暗い中から鼾《いびき》が聞こえてくる。座敷には上がらず、狭い三和土に三人は立った。

「政吉は、どうかしちまったのかい？」

菊之助の問いに、お玉は答を考えている。

政吉は、二十三歳と若い大工である。お玉とは半年ほど前に所帯を持ったばかりであるが、子供を孕《はら》んでいると先だって誰かから聞いている。

「道具がなくて、この三日ばかり仕事に行ってないのです」

「大工道具でっか？」

「ええ、そう」

高太郎の問いに、お玉が小さくうなずいて答えた。

「なんで、道具がのうなったんや？」

「どうやら、これで……」

お玉は、賽子《さいころ》の壺を振る仕草をした。

「博奕《ばくち》でっか？」

「ええ、どうやらそうらしいのです。博奕に負けて借金し、大工道具を形《かた》に取られたようで。その腹いせか、お酒を呑んでへべれけに酔っ払って」

お玉の声がくぐもって聞こえる。

「そいつは、いけねえな。子供も生まれるってのに……それで、博奕の負けはどのくらいだと？」

菊之助が、顰《しか》め面《つら》して問うた。

「十両はくだらないと、酔っ払いながら口にしてました」

「そんなにかい！」

菊之助の口調は、呆気《あっけ》にとられている。その額《がく》が脅迫文と一致したからだ。これで、ますます政吉の線を強く感じ取った。

「まったく、あんな馬鹿だとは思わなかった。仕事一筋の男だと思ってたのに、博奕なんかやってるなんて。はぁー」

大きなため息が、お玉の口から漏れた。

「ところで政吉、昨夜《ゆうべ》家に帰ってから、書き物をしてなかったかい?」

「書き物って?」

「へえ、紙に筆で書くあれでんがな……」

菊之助と高太郎が、交互に問うた。

「いいえ、うちには筆や硯《すずり》なんかありませんから」

「となると、ちゃいまんなあ」

十両の借財を聞いたまでは、政吉の仕業《しわざ》と合点をしたが、ちょっと雲行きが変わってきている。

「ちゃいまんなあって、なんのこと?」

「違いますって、意味でんがな」

「そうじゃなくて、何があったかってことです。こんな朝早くから、お二人そろって押しかけてきて」

　何ごとがあったのか分からないお玉にとっては、不安が募る。眉間に皺を寄せながら言った。

「大家さん、お玉ちゃんにあれを見せたらどうだ？」

「見せても、ええんでっしゃろか？」

「お玉ちゃんだって、何があったか知りたいだろう。この、心配げな顔を見てみなよ」

「実は、こんなもんが今朝方投げ込まれてましてなあ」

　言いながら高太郎が、懐から書付けを取り出した。そして、開いてお玉に見せた。

「け、けっけったいななっながやや……」

　お玉は、文字が苦手《にがて》なようである。だからといって、恥ずかしいことは何もない。町人の半分以上は読み書きができないのだから。それでも、したたかに生きることはできる。

　代わりに、菊之助が読んだ。

「それで、うちの政吉を……」

　政吉が疑われたと、お玉は口をへの字にして泣き顔となった。

「それは仕方ないよ、お玉ちゃん。疑われるようなことをしている政吉が悪いんだ」

「こっちも、長屋に火を付けられちゃ困りますさかいなあ、必死なんやで」

菊之助に合わせ、政吉が書いたのではないとすると……」

「だが、政吉が書いたのではないとすると……」

「ちょっと、待ってください」

菊之助の言葉を遮って、お玉が考えはじめた。何か、思い当たる節があるかのような素振りである。

「先日……そうだ」

顔を伏せて考えていたお玉が、ふと頭を持ち上げた。

「政吉がこう言ったんです。『俺、大工をやめるかもしれねえ』って。何でと訊くと、仕事をしくじったらしいのです。どうやら柱の寸法を間違えたらしく……」

「それででしたかいな」

お玉の言葉を途中で遮り、高太郎が口を出した。

「どうかしたので？」

「いえなあ、床柱《とこばしら》の寸法取りを大工が間違えたってな、棟梁《とうりよう》が言ってきたんや。そうなると家が建てられへん。その柱ってのは一本十両もする、高価なもんや。えらいこっちゃで、これは。そんなんで、わてのところに新しい柱を買いに来よったんですわ。寸法を間違えたって大工は、政吉はんでおましたか」

高太郎が、うなずきながら得心した。

「だが、それと博奕と何か関わりあるので？」

「しくじりはった床柱の、弁償ってことでんがな。その代金が、およそ十両ほどになりますさかい。政吉はんは、博奕で勝ってその穴を埋めようとしはりましたんでしょうなあ。自分で尻を拭かなあ、政吉はんの大工としての職人魂が許せんかったんでおますやろ」

「博奕なんてのは、そんなに簡単に勝てはしねえぞ」

「おそらくでんな、その話を銀次郎《ぎんじろう》はんにしたんではないかと思いまっせ」

「銀次郎ってのは、あいつか？」

「ええ、あの男しかおまへんやろ」

銀次郎とは、けったい長屋に住む住人の一人で、博奕打ちである。

「あいつにそそのかされて、賭場《とば》に行ったのか。だが、元手がないだろうに」

「それで、大工道具で金を借りたんでしょう」

菊之助の問いには、お玉が答えた。

三和土で話をしていても、政吉の起きる気配がない。ならば銀次郎に訊こうと、菊之助と高太郎は二軒隣へと向かった。

博奕打ちなので、夜のほうが強い。

「銀次郎はん、起きてもらえまへんか？」

まだ寝ているかと懸念したが、高太郎の障子戸を叩く音が大きく、いやいやながらに銀次郎が起きてきた。

「誰でえ、こんな朝っぱらから。まだ、お天道《てんと》さんは昇っちゃいねえぜ」

内側から声が聞こえ、障子戸が開いた。

「文句は、あとから垂れな」

「なんでえ、菊之助かい。どうしたい、こんな朝っぱらから。あれ、大家も一緒か。家賃なら、滞ってねえはずだぜ」

菊之助と銀次郎は、同じ年の生まれでどことなく気が合う。だが、この日に限っては、銀次郎の出方によっては殴り合いも辞さない覚悟だった。

「家賃じゃなくて、政吉のことでだ」

「政吉の……？」

「中に入らせてもらうぜ」

銀次郎の返事を待つことなく、菊之助は中へと入った。独り暮らしなので、中はかなり散らかっている。

「上がるか？」

「いや、ここでいい。着物が汚れら」

菊之助が悪態を吐いても、銀次郎は苦笑いを浮かべるだけだ。口汚いのはお互いさまとの思いがある。三人が、三和土に立っての話となった。

「なんで政吉を賭場に連れてった？　そんなもんに、手を出す男じゃねえぞ」

菊之助の言葉は、人によって使い分けられる。無頼に対しては、伝法《でんぽう》な口調で話す。

「ああ、分かってる。だがな、頼まれたとあっちゃいやとは言えねえだろ。そりゃ菊之助だって、おんなじだろう。頼まれて、首を横に振ったところなんか、見たことがねえもんな」

ここにもお節介で、頼まれたら断れない人のよさが売りものの、けったいな男が一人住んでいた。

「余計なことは、言わなくてもいい。訊いたことにだけ、答えてくれ。その答いかんによっちゃ、容赦しねえぞ」

「朝っぱらから、おっかねえな。喧嘩を売ろうってのかい？」

菊之助の形相に怯えた振りをして、銀次郎が語りはじめる。

「五日ほど前だったか政吉が来てな、十両貸してくれって言うんだ。俺は金貸しじゃねえと断ったんだが、事情《わけ》を聞くことにした。そしたらな……」

政吉の、金を欲しがる理由は分かっている。銀次郎の話も、お玉から聞いたことと同じであった。

銀次郎は、博奕打ちであるが張るほうの立場ではない。いわゆる貸元《かしもと》の胴場を渡り歩き、賽壺《さいつぼ》を振る『壺振り師』であった。この銀次郎、壺の中で賽子《さいころ》を自由に操れ、好きな出目を出すことができる。いわゆる手目《てめ》博奕の名人であった。むろん滅多に、そんないかさま技をひけらかすようなことはしない。

「政吉が来て、こんなことを言うんだ」

五日前のことを、銀次郎が語りはじめた。

三

政吉が、三和土に土下座している。

「──銀次郎さん、あっしの頼みを聞いてくれ」

「なんでえ、頼みってのは？」

「賭場で十両作れねえかな。仕事をしくじっちまって、どうしてもそいつがなくちゃいけねえんだ。これから餓鬼《がき》も生まれるし……」

涙ながらの、政吉の頼みに銀次郎の気持ちが動かされる。

「そうだ、お玉ちゃんに子ができたんだってな。ならばしょうがねえ、この銀次郎さんが一肌脱いでやるか」

いとも簡単に、銀次郎の片袖がめくられた。引き受けたという、仕草である。この二の腕にも、彫り物の一端が見えた。

「だったら政吉、二両作れるか？　博奕の軍資金だ。それを用意できれば、俺がなんとかしてやる。明日の夕に、聖天町《しょうでんちょう》で今戸川《いまとがわ》一家の開帳があるから、儲けさせてやる。俺はそこで壺を振るんで、合図を出すからそのとおりに賭けろ」

丁半《ちょうはん》博奕の手目を、銀次郎は政吉に授けた。誰にも分からぬほどの、小さな仕草を呑み込み、政吉は今戸川一家の賭場へと向かった。独り身のときは、手慰みでよく賭場には出入りしていたのでその場の雰囲気は分かっている。

大工道具を質に入れ、足りない分はお玉が身ごもる子供をだしに使い、仕事仲間から借りて、都合二両の金を調達した。

一枚一分《ぶ》換算の駒札が、手元に八枚できた。いっぺんに張っちゃいけないと、銀次郎から言われている。そして、たまには出目《でめ》を外せと。負けは半分、勝ちは倍の要領で十回ほどの勝負で、十両ほどの儲けが出た。元金と合わせ十二両にはなるが、それでは胴元が儲からない。両替をすると二割の寺銭を引かれるのが、今戸川一家の賭場であった。それでも、普段なら大儲けで破顔するところだ。だが、必要な額まであと二両が足りない。まずは、二両負けろと銀次郎の合図があった。不正に思われない、煙幕である。そのあとに、丁方を出すので四両賭けろとの打ち合わせができていた。それで、十両と少しの儲けが出る算段である。大工道具を質から出しても、お釣りがくる勘定だ。

ここまでを語って、銀次郎の表情がにわかに苦《にが》みをもった。

「政吉の馬鹿野郎、俺が示す右手と左手を間違えやがった。そこで勝ってりゃ、なんの問題もなかったんだが」

四両失い、次の勝負で持ち金を全部賭けた。

「俺だって神様じゃねえぜ。普段なら、絶対にしくじることはねえんだが、そのときは政吉を勝たせたい一心で気持ちに焦りがあったんだな。一《ピン》の目がずれて、裏返しの六が出ちまった。ああ、そこでおじゃんよ。元手の軍資金までもってかれちまった」

悔恨こもる、銀次郎の口調であった。

「そういうことだったか。肝心なときに、間抜けなもんだなあ。だから、半ちくって言われるんだ」

菊五郎の詰《なじ》りは、辛辣《しんらつ》であった。

「文句を言うねえ。俺だって、政吉のために精一杯やったんだ。ところで、なんで政吉のことで、菊之助と大家がのこのことやってきた？」

「実は、こんな文が投げ込まれておましてなあ」

高太郎が、懐から書付けを出した。

「字が読めますか？」

「ああ、賽の目だって字だって読めら。どれ、貸してみろ」

銀次郎がひったくるように書付けを手にする。

「なんでえ、これは？　長屋に火を付けるって書いてあるじゃねえか」

「政吉の様子がおかしいと思ってな、それで今お玉ちゃんから話を聞いてきたのよ」

「すると、菊之助は政吉を疑ってるのか？」

「疑いたくはねえが、そうじゃねえとも言えねえだろ」

「政吉は、そんなことをする男じゃねえよ。俺が言うんだから、間違いがねえ」

「だったら、政吉じゃねえとするといったい誰が……銀次郎に、心当たりはないか？」

菊之助の問いに、銀次郎が考えている。

「俺に、心当たりなんかあるはずがねえだろ」

出てきた答は、つれないものであった。

「それにしても、気色《きしょく》悪うおまんなあ。ほんと、けったいやで」

高太郎が、不安を口にした。

「今、ここで三人雁首そろえて考えていても仕方がねえ。このままでは、お玉ちゃんと生まれてくる子が不憫《ふびん》でならねえ。政吉はともかく、お玉ちゃんをなんとかしてあげなくては、気鬱《きうつ》でどうにかなっちまうぞ」

菊之助は、政吉の女房お玉のことを気遣った。

「そうだな。だからといって、どうする？」

銀次郎の問いに、菊之助が睨みをもった。

「政吉の代わりに、金を作ってやるのよ」

「どうやって？」

「大家さん、二両貸してくれないか？」

「菊之助はんにでっか？　そりゃあきまへんなあ。半年の家賃と以前に貸した金を、きちんと払っくれたら考えまひょ」

「そうけえ」

菊之助の顔色が、にわかに変わった。眉間に険《けん》を作り、声音《こわね》も一段と野太くなる。腕をめくって、緋牡丹の彫り物を晒した。

「おれを怒らすたあ、いい度胸してやがる。家賃が大事か、てめえの命が大事か……」

無頼の啖呵《たんか》が、高太郎を襲った。

「わっ、分かりましたよ。菊之助はんにあっちゃ、かないまへんなあ」

高太郎が折れて、菊之助の顔色は元へと戻った。

「それで、菊之助はんはその二両で何をしなはるんで？」

「銀次郎に助《すけ》てもらうのよ」

「ってことは、菊之助も賭場にか？」

「ああ。二両を元手に、政吉の仇《かたき》を取ってやる。今戸川一家の賭場はいつ開く？」

「今戸川一家なら、あと五日待たなくちゃいけねえな」

「そんなにゆっくりとしちゃいられねえ」

「だったら、今夜阿部川町《あべかわちょう》の本行寺《ほんぎょうじ》で三島《みしま》一家の盆が立つ。俺が壺を振るんで、一丁仕掛けてみるか？」

「よし、それで行こう。大家さん、だったら四両用意してくれ。そのほうが、早くけりがつく」

早く儲けて早く賭場から出たいと、菊之助は元手の額を変えた。

「二両じゃなかったのでおまへんか？」

「いや、四両だ。だらだらできねえんでな、三回で勝負をつけてやる」

しかし、菊之助の策に銀次郎は首を傾げている。

「どうした、銀次郎。何か気になることが、あるんか？」

「今戸川と三島一家の盆は、一見《いちげん》の客は入れねえことになっている。役人が、客に化けてるってこともありえるんでな。誰かの紹介があれば別だが。俺と知り合いってわけにもいかねえし。寺の門前に三下《さんした》が見張りに立って、そこを通り抜けなくてはならねえ。政吉の場合は、賭場に出入りする仲間と一緒だから入れたってことだ」

壺振りの知り合いが大儲けしたら、これは疑われること間違いない。しばし考えに耽《ふけ》って、菊之助に妙案が浮かんだ。

「三島一家の貸元の名は、なんと言ったっけ？」

「玄吉《げんきち》親分だ」

「今戸川の親分は、なんて名だ？」

「友蔵《ともぞう》っていう。親分同士は、義兄弟の盃《さかずき》を交わしている」

「ならば、なおさら都合がいい」

菊之助が、不敵な笑みを浮かべた。

「何か、いい考えがあるんか？」

銀次郎の問いに、菊之助は大きくうなずき、そして案を語る。

「ここは一丁振袖を着て、お嬢《じょう》の形《なり》をしていくんでな、相手も気を許すだろうよ」

「振袖を着た娘が、一人で賭場に来ることなんかねえぞ」

銀次郎の問いに、菊之助の顔に不敵な笑みが浮かぶ。

「だからいいんだ。おれに、考えがある。一つだけ訊くけど、玄吉親分や友蔵親分てのは賭場に顔を出すのか？」

「いや、二人ともめったに出さねえ。どっちも賭場を仕切るのは、代貸《だいがし》なんでな。帳場でもって、金の勘定をしている」

襖一枚隔てた隣部屋で、代貸が金と駒札を両替するという。

「だったら、ますます都合がいいな。二人の親分の、これだって言って賭場に入り込む」

菊之助は、小指を立てて考えを示した。

「男だって、ばれたらどうするんだ?」

「それはそれで、かまわねえ。ごめんなさいって、謝れば済むことだろ。女の格好をして女言葉だが、それが男と分かったら相手は気色悪《きしょく》がるだろうよ。だから、そこがつけ目ってわけだ。弱々しく見せかけ、そんな野郎がいかさまなどするわけねえだろうと思わせるって寸法さ。ああ、娘の形《なり》は煙幕ってことよ。でっかく儲けたって、誰も文句は言わねえ……と思う」

断言できるほど、菊之助は自信がない。それが、言葉尻に表れていた。

「ずいぶんと、大胆なこと考えまんなあ。本気かいな」

高太郎が、呆れ口調で言った。

「ああ、本気だ。伊達《だて》や酔狂《すいきょう》で、そんなことができるかってんだ」

菊之助の言葉に、銀次郎は苦々《にがにが》しくしかめっ面である。

「どうしたい、まだ何かあるんか?」

「三島一家は、今戸川ほどやっこくはねえぞ。少しでもおかしいと思ったら、とことん突いてくる」

「なんでえ、銀次郎はいかさまがばれるのがおっかねえのか？」

「そんなんじゃねえや。少しは、気を使えと言ってるんだ」

「分かってるさ、それくれえ。だから、振袖を着ていくんじゃねえか。いまさら、ごたごた言うんじゃねえ」

「分かったよ」

ならばとばかり、それからは打ち合わせに入る。銀次郎の仕掛けの手順を菊之助は会得して、今夕の賭場の開帳を待つこととなった。

その間に、菊之助は行きつけの髪結いでもって、髪形を娘島田に結い直した。びらびらの飾りが垂れた銀簪《ぎんかんざし》、鼈甲《べっこう》の櫛《くし》で髷を止める。菊の花と葉が描かれた、鹿の子《かこ》絞りの振袖を着込み吉弥帯で留める。ぬけ弁天の菊之助を気取る。口紅を真っ赤に塗り、白粉《おしろい》で素顔を隠す。これで、どこから見ても男とはいえなくなった。

弁天小僧仕込みの女形に成りきり、菊之助がけったい長屋を出たのは、夕七ツが過ぎたころであった。

むろん銀次郎とは、別である。仲間であることが露見しては、手目の仕掛けがやりづらくなるからだ。

賭場は、阿部川町本行寺の庫裏《くり》で開帳される。

菊之助は独りで、三島一家の鉄火場へと向かった。振袖を揺すって歩き、浅草三間《さんげん》町《ちょう》の辻まで来たところであった。

「お嬢さん、ちょっと待ってくれねえか」

背後から、男の声がかかった。振り向くと、二十歳を少し超えたくらいの、見知らぬ遊び人風の男が立っている。

「わたしに何かご用ですか？」

身形も声も、菊之助は女になりきっている。それも、二十歳前後の娘になったつもりであった。

「いや、あんたみたいな別嬪《べっぴん》、ちょいとそこいらにはいねえんで、すまねえが声をかけさせてもらった。よかったら、これから俺と付き合っちゃくれねえか？」

町角で、娘を見かけては誰にでも口説きにかかる、薄っぺらい男の類《たぐい》であった。にやけた顔をして、菊之助に逢引きを求めた。

「わたし、急ぐのですけど」

菊之助が、困った振りをする。

「ちょっとの間でいいんだ。広小路《ひろこうじ》の茶屋に付き合っちゃくれねえか？」

「ですから、急いでると……」

「俺は、急いじゃねえぜ」

大人しく返事をしていると、こういう類の男は段々とつけ上がってくる。言葉も態度も、居丈高《いたけだか》になってきた。

「ごめんなさい、あたし暮《くれ》六ツまでに行くところが……」

言って、菊之助は速足で歩きはじめた。すると、男は菊之助を追い越し、両手を広げて道を塞いだ。

「何をするんです？」

ここまでは、甲高い女言葉であった。

「付き合ってくれるまで、ここを通しはしねえぜ」

男のほうが、いく分背丈も体も菊之助より大柄である。

「……しょうがねえな」

菊之助は一声呟くと、一歩前に足を繰り出した。立ち塞がる男の前につっ立つと正拳を一発、鳩尾《みぞおち》めがけて打《ぶ》ちかました。菊之助が拳《こぶし》にグズッとした手ごたえを感じたと同時に、男は体をくの字に折って、地べたへと跪《ひざまず》いた。

「おれにかまうんじゃねえ」

菊之助が一言、地面に屈む男に向け野太い声を飛ばした。すると男は、狐《きつね》につままれたように、呆然とした顔で見上げている。菊之助は、ついでに蹴りを一発見舞おうと思ったが、こんな男にかまっている暇はない。先を急ぐとばかり、再び歩きはじめた。

賭場で寺を使うのは、町奉行所の管轄外であるからともいえる。それでも門前には、一家の三下《さんした》が数人立っている。不審な客の出入りと、役人の手入れに備えての配備であった。

「お嬢さん、どこに行くんで？」

権言《けんごん》宗本《しゆう》行寺と扁額《へんがく》に書かれた山門を潜《くぐ》ろうとしたところで、菊之助は呼び止められた。

「ちょいと遊ばせていただこうと……」

「ここは、娘さんの来るところじゃねえ。いいから、帰《けえ》りな」

追い払われるのは、承知している。三下が出入りを拒否することを見越して、策は考えている。

「玄吉おじさんから、これで遊んでこいと言われてますので。博奕をしたいと言ったら、これをくれたわ」

菊之助は、懐の財布から四両出すと三下に見せた。すると、にわかに態度が変わる。

「親分からですかい？」

賭場を管轄するのは代貸の役目で、玄吉親分は賭場にはめったに顔を出さないと、銀次郎から言われての策であった。

「ええ、そうよ。何か、文句ある？」

「いっ、いや……それじゃ、ご案内しやすので」

「いいわ、自分一人で行けるので」

しゃなりとした足取りで、菊之助は境内へと入る。

賭場の盆茣蓙《ぼんござ》に座るには、もう一つ関門があった。庫裏の戸口で、検問が待っている。新顔の客には、とくに注意しているようだ。それだけ、役人の手入れに敏感になっているともいえる。

「お嬢さん、遊びに来たのかい？」

戸口の番人は、客を賭場に案内する役目でもある。三島一家の代貸に、取り次がれてはまずいと、門前とは違う答を用意している。

「ええ、そう。あたし、今戸川一家の友蔵親分のこれなの」

小指を立てて、意味を晒した。

今戸川一家の友蔵親分とは、今朝方銀次郎から聞いた名である。三島一家の玄吉親分も然《しか》りで、この親分同士は義兄弟の盃を交わす仲であった。ここで、うそ八百並べてもばれはしないだろうと、菊之助は高《たか》を括《くく》っている。

「さすが、友蔵のおじきだ。いい娘を囲ってやがる」

まったく菊之助を、男とは気づいていない。

「博奕がしたいと言ったら、三島一家の賭場で遊んでこいと言われ、四両くれたわ」

菊之助はまったく疑われることなく、賭場へと案内された。

住職が住む部屋とは離れたところに、二十畳ほどの広間があった。二部屋の襖を取り払って大部屋としている。盆茣蓙を囲んで、すでに十五人ほどの客が座り、対面に壺振りの銀次郎を真ん中にして、盆を取り仕切る中盆《なかぼん》が二人、左右を締めている。

小判を両替する要領は、菊之助も博奕好きなのでよく知っている。

ここも一枚一分換算の駒札である。四両分をそっくり替えて、丁半の賽の目を占う。

「賭場の客がお嬢さんとは珍しい。こちらに来てお座り」

五十歳前後の好色そうな商人が、空いている隣の席に菊之助を呼んだ。膝元に、駒札が山となって置いてある。

「きょうはついていてな、出目がよく当たる」

「そうですか。あたしもあやかりたいわ」

菊之助が男だとは、まったく気づかないでいる。それほどの化粧を施している。普段の野太い声音も、少し高めに変えている。首が太いのが娘としては欠点だが、それで咽喉仏が隠れるのはありがたい。

銀次郎とは斜向かいに座れ、一挙手一投足がよく見える。銀次郎は、菊之助に一瞥《いちべつ》もくれることはない。

菊之助は二度ほど負けて、一両分の駒札が減った。これも、計算ずくである。

「お嬢さん、ついてないようだね」

隣の商人が、気の毒そうな顔をして声をかけてきた。

「ちょっと、黙っててくださらない」

へんに相手にすると、銀次郎の合図を見逃してしまう。

するとそこに、銀次郎から合図が出た。丁の目に張れとの仕草があった。すると菊之助は、三両分の駒札を全部丁目に張った。

「ほう、度胸がいいねえ、お嬢さんは」

いちいち隣の商人の声が耳に障《さわ》る。

「二六《ニロク》の丁」

勝ちは、倍になって戻ってくる。手元は六両となったが、寺銭を引かれ高太郎に四両返し、政吉の大工道具を引き出すのに二両が必要だ。そのためには、少なくともあと十両勝たなくてはならない。

「……四両ずつ、三回勝てばいいな」

三回の勝負で決着をつけようと、菊之助は決めた。そして、三回の勝負をつづけて当て、手元に十八両となった。それだけあれば、お玉に生まれる子供にも、祝い事がしてやれる。

「……そうか、ついでに家賃も稼ぐとするか。どうせなら、二年分」

菊之助に、欲が出た。

四

壺を振る銀次郎は、それで菊之助が帰ると思っていた。

だが、一向に菊之助は立ち上がろうとはしない。それどころか、片膝を立てて次の勝負を待っている。

「お嬢さん、そのはしたない格好はおやめください。ほかのお客人の勘が狂いますから」

銀次郎の隣に座る中盆から注意を促され、菊之助は正座に戻した。半の目が、銀次郎の合図に出ている。菊之助は「半」と発して、八両分の駒札を賭けた。一人が張る賭け金としては、大きい額だ。そこに、中盆の目が光った。

「お嬢さん、たいしたものだねえ。勝ちまくりじゃないかい」

隣の商人が、またも話しかけてきた。「それじゃ手前も……」と、菊之助の賭け目に乗った。

「五二《グニ》の半」

中盆が賽の目を告げ、一勝負が終わった。菊之助の膝元に、駒札が山のように積まれた。

「すごいね、お嬢さん。これから、おまえさんの読み目にみんな賭けるとするかね」

耳障《みみざわ》りな商人である。その商人の膝元にもかなりの駒札が増えている。それが、盆の上で目立つようになってきていた。

銀次郎の合図が、もうやめろと出ている。しかし、もともと博奕に目がない菊之助である。しかも、思うように当たるとあっては引っ込む道理がない。銀次郎に、あと一回と合図を送った。あと一回きりだよと、銀次郎の返事があった。

すでに、手元には二十六両分の駒札が積まれている。枚数にすると、百四枚になる。両手では、持ちきれない量である。

「さあ、どっちもどっちも……」

中盆が、張り手を促している。菊之助は、駒札を半分に分けると「丁!」と、声音を大きくして張った。

「おや、男みたいな声になったね」

「あら、ごめんなさい」

――どうも博奕となると我を忘れる。

余計なことは言うまいと、自省する間にも一勝負がついている。菊之助の膝は駒札で隠れるほどとなっていた。そうなると、ほかの客が黙っていない。とくに、負けが込んだ客は頭に血が上っている。

「なんだ、娘のくせして儲けすぎじゃねえか。ちょっと、この賭場はおかしいぜ」

三島一家の者からではなく、対面に座る客の一人から難癖がついた。これは、予想をしていなかったことだ。だが、菊之助としては、言い返せる場面ではない。

　客の苦言で、場にざわめきが立った。

「お客人、変な言いがかりはよしてくだせえ」

　賭場にいちゃもんをつけられたと、中盆が難癖客をたしなめた。だが、ほかの客からも不服が出はじめる。

　場の雰囲気は険悪となった。どういう展開になるか、菊之助としては、ここは静観するしかない。

「たった四、五回の勝負で、あんなに駒札が増えるわけがねえ。手目《てめ》を張ってるんじゃねえかい？」

　対面に座る中盆の顔が、菊之助に向いた。

「お嬢、お客人たちがあんなことを言ってるけど、どうなんで？」

　やくざの疑う目であったが、菊之助とすれば惚《とぼ》ける以外にない。

「知らないわよ」

　あまり喋ると本性がばれる。口数少なく応対をしなくてはならない。菊之助は、言葉短くしてそっぽを向いた。

「あっしらから見ても、あんな張り方はおかしいぜ。どうも、娘らしくねえ」

勝負事が中断し、菊之助に賭場の関心が高まった。銀次郎がどうなるのかと、不安そうに見やっている。そこに、中盆の声がかかる。

「おい、銀次郎。あの娘を知ってるのか？」

「いいや、とんでもねえ。今夜はじめて見る客ですぜ。あれ、俺を疑ってるので？冗談じゃねえですぜ」

銀次郎は、惚けるだけ惚けることに決めている。もし手目を張ったのがばれたら、この場から生きて帰れないことは知っている。

「ですが茂三《しげぞう》さん……」

銀次郎が言う茂三さんとは、中盆の一人で三島一家の大幹部である。

「なんでえ？」

「あの娘は、相当な博奕打ちですぜ。お嬢の形《なり》をしてやすが、あれは玄人《くろうと》にちげえねえ」

「なんでそんなことが言える？」

「娘の目を見りゃ分かりやす。それと、丁半の出目の流れをつかんでいるようで……」

「それにしたって、そんなにつづけて当たるわけねえだろ」

「そこなんですぜ、あの娘のしたたかなところは」

「どういうこって？」

「最初に、二回負けたでやしょ。あれで、賽の目の癖を見たんですぜ。いや、いかさまでもなんでもねえ、博奕打ちの才ってやつです。あっしは、まれにああいう凄い奴を見ますぜ」

「銀次郎がそう言うんじゃ、そうなんだろうな。だが、娘ってのが……それにしても、どこの娘なんだありゃ？」

銀次郎と中盆の話し声が、菊之助の耳にも入る。場のざわつきを意にも介さず、菊之助は立ち上がった。

「この駒札を、替えてちょうだい」

近くに立つ三下に、菊之助は声をかけた。駒札十枚を数え、別途に渡す。

「勝ったご祝儀、これでおいしいものでも食べて」

「ありがとうごぜえやす」

引き上げるときも、堂々としていなくてはならない。

「お嬢さん、ずいぶんと儲けなさって」

隣部屋の帳場は、三島一家の代貸が仕切っている。客がどれほど儲けようと、損をしようと一家には関わりがない。歩合の寺銭《てらせん》を差っ引いて、換金するだけだ。

菊之助の手に、およそ三十両の金が渡った。

懐の奥へとしまい、菊五郎が帳場から去ろうとしたところであった。

「お嬢さんのおかげで、手前も儲けさせていただきましたよ」

隣に座っていた商人から、菊之助に声がかかった。

「よかったわね」

「ところでお嬢さん、名はなんというので？」

「菊……」

「お菊ちゃんか。それで、菊模様の振袖を……もしよかったら、これから何か食べにでも行かないかい？　福富町《ふくとみちょう》においしい料理屋があるのだが」

「行かない」

首を振って、誘いを拒否する。断る言葉も、極力短くする。

「つれない返事だねえ。ところで、住まいはどこなんだ？　ご家族は？　誰かいい人……」

根掘り葉掘り、鬱陶《うっとう》しいことこの上ない。

商人風の男は、寺の外に出てからもついてきた。すでに夜の帳《とばり》は下り、あたりは漆黒の闇の中にある。寺町なので、明かりのまったく灯らぬ場所であった。この夜は、曇天なので月の光も遮られている。

足元を照らすのは、一家が賭場の客に配るぶら提灯《ちょうちん》である。その提灯の明かりが縦に二つ並んで動く。

「おや、帰る方向が同じのようだね」

菊之助の、五歩うしろから商人の声がかかった。

「どうだい、一緒に歩かないか？　こんな暗い夜は、娘さん独りじゃ物騒だし。私が家の近くまで送ってあげようじゃないか」

言いながら、菊之助の横に立った。そのしつこさに菊之助は辟易《へきえき》している。来る途中に声をかけてきた、軟派な男と同じ下心《したごころ》を菊之助は感じている。もう、本性を隠すことはない。

「余計な世話だぜ、爺《じい》さん」

うって変わった、野太い声を返した。

「あんた、もしや……」

阿部川町から新堀川《しんぼりがわ》に架かる、こしや橋を渡ったところであった。商人の驚く声が聞こえたところに、うしろから四、五人の足音が近づいてきた。

「ちょいと待ちねえ、先行く二人」

呼び止める声を聞かず、菊之助は先を歩いた。周囲は寺の塀がつづき、人の通りはまったくない。

「お菊ちゃん、逃げたほうがいいよ」

商人が、恐怖に引きつった声音で言った。だが、菊之助は動じない。

賭場にいた客たちと、菊之助は読んだ。儲けた金を狙って追いかけてきたのだろうと。ちまちまと駒札を一枚ずつ賭け、賭場に因縁を吹っかけてきた客が、三人ほど固まっていたのを菊之助は憶えている。だが、足音は五人いる気配であった。

うるさい連中だと思いながらも、菊之助は振り向くこともなくそのまま歩みを進める。

「おい、待ちやがれってんで」

すると足音が速くなり、五人のやくざが菊之助と商人を取り囲んだ。提灯の明かりに浮かんだ顔は、賭場の客ではなく三島一家の三下たちであった。

「うちの親分が、来てくれと言っている。どんな娘さんか顔を見たいと言ってるのでな」

これは、菊之助にとって大誤算であった。

親分は、めったに賭場には顔を出さないと聞いていたからだ。

「今しがた賭場にやってきて、お嬢の話をしたらぜひ会いたいと言ってた。たしかお嬢は、うちの親分から四両もらって遊びに来たと言ってたよな」

話しかけたのは、寺の門前で応対した三下であった。そして、もう一人が言う。

「うちの親分とは兄弟分の、今戸川一家の友蔵親分も一緒でな。たしかあんた、友蔵親分のこれだと言って小指を立ててたよな」

寺の庫裏の、戸口に立っていた三下であった。ますます菊之助は、苦境に立たされた。

「ずいぶんと、親分たちを手玉に取るもんだな」

疑りの、声音である。

「お嬢はいったい何者なんだ？」

「それを聞いて、どうなさるんです？」

菊之助は、惚けられるだけ惚けることにした。声音はそのまま女にしてある。

「儲けた金を返せっていうのですか？　そんな賭場は、今まで聞いたことがありませんね」

しかし、こんな長い台詞《せりふ》を、女の声で言うと咽喉《のど》がひりひりしてくる。途中から、野太い男の声になった。惚けるのも、これが限度と思ったこともある。

「てめえは、男か？」

「ああ、そうだ。男とばれちゃ仕方がねえ」

こうなったら、肚《はら》を括る以外にない。後先どうなれと、菊之助は覚悟を決めて言い放つ。

「おれが寺に戻ったら、賭場は滅茶苦茶になるけどいいかい？」

「おい、こっちはやくざだぞ。そんな女の形《なり》をして、どう賭場を荒らせるんでえ。だったら来て、やってもらおうじゃねえか」

菊之助の、娘姿を侮《あなど》っている。

「爺さんは、帰んな」

脇で、ガタガタと震えている商人に菊之助が声をかけた。

「あんた、行ったら殺されるぞ」

商人が引きつった表情で、菊之助に返す。声にも、震えが帯びている。

「心配《しんぺえ》してもらって、ありがとうよ。だけど、おれは平気だ。爺さんこそ危ねえから帰れ」

それでも菊之助が心配か、商人は離れようとしない。

「いいから、帰《けえ》れと言ってんだろ！」

怒鳴り口調となるも、それでも商人は帰ろうとはしない。よく見ると、足元が震えていて立ち竦《すく》み、動けないでいる。

「爺さんも一緒に来てもらうぜ。どうやら、二人はつるんでの賭場荒らしと思えるんでな」

商人の背後に一人が回り、匕首《あいくち》の鋒《きっさき》をつき付けている。それで、動けずにいたようだ。

「おれとこの爺さんとは、まったく関わりがねえ。賭場で初めて顔を合わせたお人だ」

「そのとおりで。手前とこの人は、たまたま隣に……」

「うるせえ、つべこべ言わずに一緒に来やがれ」

商人の嘆願は一蹴《いっしゅう》された。菊之助は、この場で五人を相手にしようと思ったが、商人の身が危ない。

「おれは黙ってついていく。なので、この人は帰してやってくれ」

菊之助は、おとなしく従うことにした。

「よし、分かった。あんたは帰っていいぜ」

商人の囲みを解くと、五人が全員菊之助を取り囲んだ。

五

本行寺に逆戻りする間、菊之助は無言で歩いた。

賭場はまだ開帳されている。菊之助が去ったあと、客の騒ぎも治まり、場は平常に戻っていると三下が言っていた。

問題は、親分たちをだしに使い嘘をついていたことだ。

賭場の大部屋から少し離れた部屋に、菊之助は連れていかれた。八畳ほどの部屋に、四十歳前後の半纏《はんてん》を着込んだ男が二人並び、床の間を背にして座っている。小太りの男が今戸川一家の友蔵で、頬が削げた痩せぎすの男が三島一家の玄吉であった。取り巻きの子分衆たちが五人、菊之助の背後に横並びでいる。親分と子分衆の間に、菊之助は挟まれた格好となった。

菊之助の、今夜の儲けは手目が仕掛けられたものと疑われている。

「なんで、そんなお嬢の形《なり》をしてこんなとこに来たい？」

三島一家の貸元、玄吉の問いであった。男であることは、子分の口から告げられている。

「道楽で」

菊之助が、一言で答えた。男とばれたからには、ぐだぐだと余計なことを言う必要はない。

「俺のこれだと言って、賭場に入ったんだってなあ」

今戸川一家の友蔵が、小指を立てて言った。

「たまたま兄弟のところに遊びに来てな、賭場をのぞいたらそんな話を聞いた。残念だが、俺は男は相手にしねえぜ。それに、おめえとは初めてだ。なんで、俺のことを知ってるい？」

「ああ、こっちもそうだ。俺から四両もらって遊びに来たと言ったそうだが、俺はあげた覚えはねえぞ。それに、俺も兄弟と同じくおめえとは初めてだ。それにしても、きれいに化けるもんだな」

親分たちの言葉は柔らかいが、目に怒りを感じる。親分、子分の座の脇には長脇差《ながどす》が横たわっている。菊之助の答えよう如何《いかん》では、白刃《しらは》を抜く構えのようだ。

「俺たちはな、知らねえところで名を語られんのが、一番おもしろくねえんだ」

友蔵の顔に赤みが帯びている。

「それと、ずいぶんしこたま儲けたようじゃねえか。見事な駒の張り方だったと、若えのが言ってたぞ。おめえ、そんなに博奕がうめえのなら、ここで一つ俺と勝負してみねえか?」

玄吉が、勝負を仕掛けてきた。

「勝負は一回。俺が勝ったら、どうやって手目を仕掛けたか話してもらおうじゃねえか。おめえが勝ったら、この場はおとなしく帰してやる」

玄吉が、条件を出してきた。菊之助は、勝負を受けるかどうか迷っている。拒むにしても、それ相応の道理が必要だ。しかし、まともな答が通じる輩《やから》ではない。白でも黒と言い張る男たちである。

勝負に負けても、銀次郎の名を出すことだけは絶対にできない。菊之助は、覚悟を決めた。そして、度胸を決め込む。

「その勝負、喜んで受けようじゃねえですか。だけど、おれが勝ったらおとなしく帰してやるって、そんな間尺《ましゃく》に合わねえことはねえ」

菊之助は、正座を崩すと胡坐をかいた。

「なんですかい。三島一家の賭場じゃ、たった三十両の客の儲けに、目くじらを立てるってんで？　そんなけちな賭場、この国中どこ探したってありませんぜ」

娘島田の簪を揺らし、菊之助の口から伝法な言葉が吐かれる。

「勝負は受けやすがね、おれが勝ったらどう落とし前をつけてくれるんで？　はい、どうぞお帰りください……ってなわけにはいかねえぞ」

菊之助は片膝を立て、親分二人を威嚇した。長い台詞《せりふ》は野太く、無頼そのものである。怒鳴り口調でないのが、むしろ凄みが増す。

「だったら、五十両くれてやる」

「冗談じゃねえ、銭金なんかで済まされるもんかい。なんでえ、そんなやっこい勝負。餓鬼やお嬢さんの、双六《すごろく》遊びなんかじゃねえんだぞ」

玄吉の言い値を、菊之助はつっぱねた。

「だったら、何を望むんで？」

「おれだって、命を取られるかどうかの瀬戸際なんだぜ。親分さんも、その覚悟でいてもらいてえもんだな」

すると菊之助は、振袖の片袖を脱いで緋縮緬《ひぢりめん》の襦袢を晒し、袖を二の腕までたくし上げた。そして、

「この二の腕に彫られた緋牡丹の　真っ赤な花が落ちるが先か　親分さんの首が落ち

るが先か　さあさあどっちが落ちるか　真っ向勝負といきやーしようぜ」

白浪五人男の弁天小僧ばりに、菊之助が啖呵《たんか》を放った。

さらに、菊之助はつっ込む。

「おい、うしろに座る子分衆。早く、盆茣蓙の用意をしねえかい」

親分より先に、菊之助が命じた。ここで気持ちが負けたら、命の終わりを意味する。

これでもかとの、はったりをかました。

子分衆の、動く気配がない。

親分の、直々《じきじき》の命令でないと動けないからだ。

「どうします、親分？」

「いいから、用意しろい」

玄吉の声に、いく分震えが帯びている。ここで菊之助に押し切られたら、親分の面目は丸潰れである。それに、兄弟分が脇にいるとあっては弱みは見せられない。そんな思いが、玄吉の顔に表れている。

これで、どっちも引けなくなった。

一畳の畳が運ばれ、それに白布が掛けられ盆茣蓙が出来上がった。籐《とう》で編まれた賽壺と一天地六《いってんちろく》の賽子が二個、盆に置かれる。

「友蔵親分さん、立ち会っていただけやすかい？」

菊之助が、今戸川の友蔵に立会いを申し込んだ。勝負を見届ける役目である。

「ああ、分かった」

友蔵の、落ち着いた声音であった。そこに、真の心根が表れていると菊之助は感じ取っていた。菊之助が負けても、友蔵は何も痛くはない。しかし、玄吉が負けたらこれは大事《おおごと》である。今戸川一家にとって、これほど絶好の機会はない。なんの苦もなく、三島一家の縄張りが手に入るのだ。そんな下心が声音に含まれていると、菊之助は読んだのである。

「友蔵親分さん、もう一つ頼みが……」

「なんでえ？」

「親分の長脇差を、盆の上に置いといてくれやせんかね。おれのほうには、木剣を用意してもらいてえ。白刃の鋒を見ると、鴉の嘴《からすくちばし》に見えるんでね」

少年期に鴉に突っつかれて以来、菊之助は真剣を持つのをやめた。鴉の嘴に、強い精神的外傷を負っているからだ。

「そんなんで、いいんか？」

菊之助の頼みに、訝《いぶか》しげな表情を見せたのは玄吉であった。

「おれが負けたら、その刀で一突きしてもかまいやせんぜ」

菊之助が、玄吉の目を見据えて言った。緋牡丹の彫り物が、緋縮緬に絡んで真っ赤な血糊を想像させる。

「俺の刀でか？」

友蔵が、引け目を見せた。

「親分は、立会ってくれると言いやした。立会いとは、そこまで面倒を見てくれるってことですぜ」

菊之助の言葉に、友蔵は渋々長脇差を差し出した。

「その代わり、おれが勝ったら三島の親分を木剣でぶっ叩いてやる」

「わっ、分かった」

鬼気迫る菊之助に、玄吉の怯《おび》えが走り、こめかみに汗が滲んでいる。

「壺は誰が振るい？」

今戸川の友蔵の問いであった。そして、友蔵自身が答える。

「三島の身内が振ったんじゃ、五分の勝負とはいえねえな」

「今川戸の兄弟は、どっちの味方なんでえ？」

「どっちの味方でもねえよ。立会いとあれば、きちんとしねえとな。もし兄弟分が味方についたとあっちゃ、それこそいかさまと言われたって文句は言えねえぜ」

「それもそうだな」

「ところで、きょうの盆の壺振りは誰なんで？」

「へい、銀次郎でやんす」

友蔵の問いに、子分の一人が答えた。

「銀次郎かい。奴だったら信用がおける、いい壺振りだ。野郎に振らせたらいいんじゃねえか」

「おい、呼んでこい」

友蔵親分の提言に、玄吉親分が応じた。

「銀次郎は今……」

「いいから誰か代わりになって、銀次郎を早く呼んでこい」

子分の言葉を遮《さえぎ》り、玄吉は怒声を飛ばした。

# 六

しばらくして、銀次郎が部屋へと入ってきた。

そこに菊之助が片肌脱いで座っているの見て一瞬驚く顔をしたが、すぐに平常を装った。

「すまねえな銀次郎。実はな……」

立会いの友蔵が、銀次郎に経緯《いきさつ》を語った。

「……てなことで、玄吉親分とこいつの差しの勝負となっちまってな、そこで銀次郎に壺を振ってもらおうと思ったわけよ」

「そんな大勝負、あっしでよろしいんですかい？」

「だから、銀次郎に頼むんじゃねえか。三島一家の誰かがやったんじゃ、五分の勝負にならねえだろ」

友蔵親分が、銀次郎を説き伏せる。すでに菊之助と玄吉は、半間の盆茣蓙を挟んで座っている。

「よろしいでしょう。僭越《せんえつ》ながら、手前が壺を振らせていただきやす」

言って銀次郎は、相撲の行事のように盆の中を取り持った。一間向こうに、立会いの友蔵が座る。

まず銀次郎は、二個の賽子を盆茣蓙に二回転がし、細工のないことを示す。

「賽に仕掛けはございやせん。よろしいですかい？」

「ああ、いいぜ。勝負は一回だ」

壺振りの所作に、一分の隙《すき》もないと玄吉が承知する。

賽子には異常がないが、銀次郎の左手小指がピクリと動いたのを菊之助は見逃さない。

「あたしもいいわよ」

菊之助は、女言葉で返した。

「ようござんすか、入りやす」と、銀次郎は壺を振りそして賽を盆茣蓙に伏せようとしたその瞬間、

「おっ、地揺れだ」

グラリとした地揺れの衝撃で、銀次郎の手元が狂った。半の目を出そうとして振ったが、銀次郎自身、壺の中の出目が分からなくなった。仕方がないと、銀次郎は顔色を変えることなく、一連の所作をつづける。

「さあ、どっちも」

と、張りを促す。

「おめえから張りな」

渡世人の親分らしく、菊之助に先を譲る。

「いや、親分さんから先にどうぞ」

すぐに応じては、銀次郎との仲を疑われる。一度は惚けて、返す。「いや、俺から誘ったんだ。先を譲るぜ」と返るのは分かっている。だが、銀次郎の合図は出目が分からなくなったとある。今の地揺れでかと、菊之助は得心した。

「いえ、親分さんから……」

それで菊之助も、相手に先を譲った。

「これじゃ、埒《らち》が明かねえ」

勝負は、命のやり取りである。互いに自分からは張りづらいだろうと、友蔵が仲に入った。

「この勝負は、後先どっちかを決めるものとしようじゃねえか。当てたほうが、先に張るってのはどうだ？」

友蔵の提案に、両者が承諾する。友蔵が半に賭け、菊之助は丁となった。友蔵が勝ったら、菊之助はあと目を引くが仕方がない。

「四三《シソウ》の半」

玄吉の勝ちとなり、本勝負は銀次郎からの合図はない。玄吉の張り目次第となった。それでも銀次郎は、落ち着き払った所作で壺を振る。

「この勝負、一回きりだぜ」

立会いの友蔵が、半間向かい合って座る二人に覚悟を促した。

「ああ、分かってらい」

玄吉が返すも、その声に震えが帯びている。自らの賭け目で、この日が命日となるかどうかが決まるのだ。菊之助を見ると、真っ赤に塗った唇がかすかに歪んでいる。その艶っぽさに、立会いの友蔵がゴクリと生唾を呑んだ。「……どう見ても、あれは女だ」と、勝負を差し置き呟いている。

緊張が部屋中に伝わり、一瞬静寂が支配する。

その静けさを裂くように、銀次郎が声を飛ばした。

「さあ、どっちも……」

すでに賽壺は振られ、盆茣蓙に伏せられている。

玄吉のこめかみから、一筋の汗が流れ落ちる。どちらに張るか、決めかねている。迷えば迷うほど、どっちにも張れなくなる。こういう場合は、絶対に迷っては駄目というのが博奕の鉄則である。しかし、博徒の親分でさえ、自分の命がかかっているとあっては、そんな鉄則すらも忘れる。

菊之助は、静かに前を見据え玄吉の出方を待っている。その落ち着き方に、玄吉はさらに迷いを深めていている。

「……丁、いや半だ。いや待てよ半、いや丁だ」

そんな呟きが、ブツブツと聞こえてくる。

「おい、三島の。夜が明けちまうぜ」

「うるせえ、分かってらい」

立会いの友蔵の促しに、玄吉が怒鳴り声で返した。

「よし、丁だ」

腹が据わったか、ようやく玄吉が張り目を口にした。

「半!」

菊之助は、間髪いれずに一声飛ばした。丁半そろったところで、銀次郎が壺を開ける。

「四四《シゾロ》の丁」

銀次郎が、出目を読んだと同時であった。

「勝ったぜ」

玄吉は安堵し、盆茣蓙に横たわる長脇差を手に取った。

「慌てるんじゃねえ！」

菊之助は声を飛ばし、白布の巻かれた盆茣蓙の真ん中で胡坐《あぐら》をかいた。そして、もう片方の袖に腕を入れ、諸肌《もろ》を脱いだ。女でないので、乳房はない。左の二の腕に一輪の緋牡丹、背中には弁天様の彫り物を背負っている。

するとと鹿の子絞りの振袖から、賭場で儲けた三十両がこぼれ落ちた。

「すまねえが、斬るのはちょっと待ってくれ」

「なんでえ、怖気《おじけ》づいたかい？」

長脇差を腰にあてがい、玄吉が言った。勝った手前、声音に強気を帯びている。

「いや、そんなんじゃねえ。この金を、諏訪町の宗右衛門長屋は高太郎って大家に届けてやってもらいてえ。家賃のつけと、おれの葬式代だと言ってな。命をくれてやるんだ、そのぐれえしてくれたっていいだろ？」

「ああ、かまわねえぜ」

それには、玄吉も同意する。

「諏訪町なら、家の近くだ。あっしが届けてやるぜ」

銀次郎が、菊之助の頼みを聞き入れた。

「さあ、玄吉親分。端《はな》から晒《さらし》は一本切ってきてるぜ。どっからでも、斬るなり刺すなり好きにしやがれってんだ」

晒を切るとは、覚悟を決めているとの意味である。居直る菊之助の啖呵に、むしろ玄吉のほうが動揺している。

「いっ、いい覚悟じゃねえか」

菊之助の背後に立った玄吉が、手を震えさせながら、鞘から長脇差を抜いた。やくざ仕立ての反《そ》りの少ない二尺の物打が、上段になったり正眼になったり上下する。どこから斬り込むか、決めかねているようだ。

「早くしてくれねえと、弁天様が風邪をひくぜ」

「よし分かった、覚悟しろい」

玄吉が、八双に構え袈裟《けさ》懸《が》けに斬り込む体勢を取った。

「ええい！」

と気合を発し、刀が振り下ろされるその既《すんで》であった。

「待てい、三島の」

止めたのは、今戸川一家の友蔵であった。

「なんで止めるい？」

「この勝負、兄弟、おめえの負けだ」

「なんだと？」

「いや、勝負にゃ勝ったが、度胸じゃ負けてる。俺たち渡世人は、賽子勝負より、度胸を競うのが生業《なりわい》だぜ。だからといって、兄弟の男が廃《すた》るわけでもねえ。俺も子分たちも、いい勝負を見させてもらったからそれで充分だ。刀を引かねえかい、玄吉親分よ」

「そうだな」

友蔵の諭《さと》す口調は、玄吉に届いた。長脇差の白刃を、赤鞘に納める。

「分かったぜ、今川戸の。いや、俺もこいつの度胸にゃ恐れ入った。お嬢……いや、兄さん名はなんていう？　まだ、聞いてなかった」

「ぬけ弁天の菊之助たぁ、おれのことよ」

芝居仕立てで、菊之助は名を語った。

翌日の朝、大家の高太郎が菊之助のもとを訪れた。

戸口の三和土に立ち、うしろに大工の政吉が控えている。

「あの書付けは、誰の仕業か分かりました」

「ほう、誰だったい？」

「この、政吉はんでんがな。きのうの夜、うちに来はってな……」

政吉が、泣いて謝ったという。脅迫文はやはり、飲み屋で道具を借りて政吉自身が書いたという。政吉が字を書けるのはあの程度で、どこでどうするかの段取りまでは示すに至らなかった。博奕に負けて、にっちもさっちもいかなくなっての出来心だと、本心から謝罪した。お玉にも、こっぴどく叱られたとのことだ。

「へえ、長屋に火を付けるなんて、毛頭《もうとう》も思ってやせんでした。菊さんにも、てえへんな迷惑をかけたようで、このとおり……」

政吉が菊之助に向け、土下座をして詫びた。

「詫びなんて、もういいや。それよりも、政吉に渡したいものがあった」

言うと菊之助は、寝床から縞《しま》の財布をもってきた。

「まずは十両を、棟梁に返しな。そして二両は、大工道具で借金をしたんだってな」

小判十二枚を、まずは数えた。

「それと、今度生まれる子供にだ」

五両を差し出し、祝儀とする。十七枚の小判をもらって、政吉は三和土に座り込んだ。

「そして、大家さんに……借りた元手の四両」

「わてもいただけるんでっか？」

「当たり前だ。それと、半年分の家賃……いくらだ？」

「一月《ひとつき》二朱《しゅ》ですから、十二朱で三分《ぶ》……」

「なんでえ、半年で一両もないのかい。だったら三両前払いするから、あと二年住まわせてくれ」

「二年と言わず、いつまでもいてくれはってけっこうでおます」

菊之助の男気に、高太郎は破顔して言った。

「……ほんとに、けったいなお方やなあ」

菊之助に向けて、高太郎が最大の褒め言葉で呟いた。

まだ六両残っている。菊之助はそれを何に使おうかと考えていた。

「そうだ、一つ新しい振袖でも買うとするか」

女の着道楽は金がかかると、菊之助の呟きが高太郎の耳に入る。

「いや、まだ二年前の五両、返してもらってまへんで」

結局、菊之助の取り分は一両だけとなった。

# 第二話　じょそっ娘館《こやかた》

## 一

空き家であった菊之助の部屋の隣に、その家族が越してきたのは桜の花が散り、葉の青さが目立つころであった。

三十歳前後の夫婦に、女児が一人。一見なんの変哲もない一家なのだが、菊之助は、首を傾げるほどの奇妙さを感じていた。

けったいな長屋に、妙ちくりんな隣人が住むのは当たり前のようだが、その家族には、輪をかけて不可解なところがあった。

まず、妙なところの一つに、引っ越してきたのが町木戸が閉まる夜四ツ近くがある。長屋の住人は、菊之助を除いて全員が寝静まっている。

その夜、菊之助はしこたま酔って、長屋へと戻ってきた。すると、隣の戸口に大八車が止まり、物音を立てず荷物を運び入れている、夫婦らしき男女が見て取れた。

「……夜逃げかい、大変だな。ああいうところは、あまり他人《ひと》さまに見られたくはないだろう」

と、気を働かせた菊之助は千鳥足を止め、しばしその様子を遠目から見やった。自分の塒《ねぐら》に戻るには、その前を通らなくてはならない。

荷物といっても、たいした量ではなく、すぐに済みそうだ。夫婦二人が外と中を、数度出入りして荷運びはあらかた済んだ。

「これを運んで、しめえだ」

夫の声が、菊之助の耳に入った。するとそこに、中から八歳くらいの女児が顔を出した。

「おっかあ、ねむい」

目をこすりながら、母親に訴えている。

「もうすぐ終わるから、中に入っていな」

言いながら、母親はあたりを気にしている。誰かに見られてはいないかとの素振りである。身を隠す、菊之助がいることに気づかないでいる。

「……よほどの事情があるんだろう」

気の毒そうな声で呟く。やはり、人目を気にしての引越しだと、菊之助は一家の気持ちを慮《おもんぱか》った。

こういった場合は、借金取りから追われ逃げてきたというのが、大方の相場である。そんな事情を、菊之助は頭の中に思い浮かべた。

塀の隅にさりげなく荷車が置かれ、障子戸が閉まったのを見て、菊之助は物陰から出た。菊之助の塒は、その一軒奥にある。障子戸を通して見える、ぼんやりとした行《あん》灯《どん》の明かりに目を向けながら、足音を殺して菊之助は前を通りすぎた。

宗右衛門長屋ことけったい長屋は、大家が材木屋ということから、木材をふんだんに使い、造りだけは頑丈にできている。とくに隣同士を遮る壁は厚く塗られており、大声を張り上げなければ、会話はほとんど聞こえてこない。それでもかすかな物音で、隣人がいる気配を感じ取ることはできる。そのとき、隣から赤子の泣く声が聞こえてきた。

「赤ん坊もいるのかい」

菊之助は独りごち、夜具に包まるとすぐに鼾《いびき》を立てた。

一夜が明け、日が高く昇っても、隣人からの引越しの挨拶はなかった。塀の隅に置かれた荷車は、朝早く片づけられたかなくなっている。

何か事情《わけ》ありの家族を、興味本位で探るような無粋な菊之助ではない。だが、引っ越してきてから、隣人同士がいく日も互いに顔を合わせなければ、これはおかしくも感じる。気配を殺して生活しているのは分かる。だが、昼日中子供が家の中に閉じこもっているのは、どうみてもおかしい。それが、もう一つの菊之助が感じた、隣人に対する不可解なところであった。だが、存在を知られてはまずくもあろうと気を遣い、菊之助は知って知らぬことにしておいた。そのまた隣は、耳の遠い老人の独り暮らしである。

そして、菊之助の隣に一家が越してきてから五日目の朝であった。

この日も朝からかみさん連中が五人、井戸端で洗い物をしていて、賑やかである。二畳ほどの狭い流し場を囲って、井戸端会議に余念がない。みな三十でこぼこの、女たちの集まりである。

「ねえねえ、菊ちゃんちの隣って空き家だったよね」

かみさんの一人が、真っ赤な腰巻を絞りながら誰にともなく訊いた。ひっそりとこもる夜逃げ一家に、まだ気づいていない住人もいる。この日、初めて井戸端の話題として上った。

「それが、どうかしたんかい？」

「いえね、誰か住んでるような住んでないような……」

「まさか……？」

その話に、もう一人加わる。その顔は、青ざめていた。

「まさかって……おときさん、なんだか顔が青いよ」

かみさん連中の、洗い物の手が止まる。みな、おときの顔に視線が寄った。一人の手から夫の褌《ふんどし》が垂れ下がり、話のほうに気が向いている。

「この長屋に幽霊が出たって本当かい？」

愕然と驚く顔が、二人ほどいた。

「あたし知ってるけど、怖いんで黙ってた」

「黙ってたっておくまちゃん、どんなことだい？」

「人魂《ひとだま》ってのは、幽霊だよね？」

逆におくまが訊き返す。

「ああ、同じようなもんさ。それで……？」

「隣の権助《ごんすけ》じいさんが、人魂を見たんだってさ。夜中に厠《かわや》に行こうとしたら、腰ほどの高さで火の玉が、行ったりきたりしてたんだと。じいさんおっかなくなって用足しに行けなくなり、寝小便をしたって話だよ」

長屋の奥が、共同便所となっている。夜中でも尿意をもよおしたら、起きていかなくてはいけない。それがいやで、たいていの男たちはそのへんで用を足してしまう。それを阻止するために、塀のあちこちに鳥居の印が書かれてある。『立小便禁止』の、おまじないである。

「そうそう、その話はあたしも聞いた。ここは、墓場じゃないってのに。あたしは信じなかったから、口にもしなかったよ」

「いや、あたしが聞いたのは、赤ん坊をおぶった女の幽霊だってさ。柳の下に、ぼうっと立ってたんだと」

長屋の奥隣は、諏訪神社である。境内に植わる柳の枝が、塀越しに垂れ下がっている。そこに、女たちの顔が一斉に向いた。五人の、それぞれの話が絡み合って、全員の顔から血の気が引いている。

「まるで、怪談噺《ばなし》じゃないかい。薄気味悪いったら、ありゃしないね」

「まったく変な話だねえ。だから、けったい長屋なんて言われんのさ」

誰かれともない、かみさん連中の会話である。

「もしかしたら……？」

　おときが恐ろしげな顔をして、声を落とす。

「もしかしたらって、なんだい？」

　四人の顔が、おときに近づいた。

「菊ちゃんちの隣に、その幽霊ってのが住み着いてるんじゃないだろうね？」

「なんだっておときさん？　けったいなこと言わんといてよ」

　大家高太郎の影響から、ときたま上方《かみがた》弁が聞かれることもある。

「いやだねえ。誰かいたら、顔ぐらい出してくれりゃあいいのにね」

　おくまが、顔を振りながら言った。菊之助以外に五日の間、まだ誰も住人の姿を見た者はいないのだ。それだけに、幽霊噺として成り立っていた。

「あの中に幽霊がいると思うと、薄気味悪いったらありゃしない」

　長屋の中が、ざわつきはじめた。そこに、大家の高太郎がやってきた。高太郎が長屋に来るのは、五日ぶりである。なので、幽霊噺が噂になっていることは知らない。

「ねえ大家さん……」

　おときが、高太郎に声をかけた。

「なんでっか？」

「菊ちゃんちの隣に、幽霊が出るっての知ってる?」

「幽霊……なんの話や?」

おときがかいつまんで、噂の経緯《いきさつ》を話した。

「ああ、それでっか」

高太郎の顔に怯えはない。むしろ、笑いを堪《こら》えている。そして、手を振りながら言う。

「ちゃうちゃう、幽霊とはちゃいますで」

「幽霊じゃなきゃ、なんだってんだい?」

おくまが、口を尖らせて訊いた。

「みなはん、ご存じなかったんですか? もっとも、身を隠して引っ越してきたんじゃ仕方ありまへんな。あの家に住んでるのは、普通の親子はんです」

むろん高太郎には、住民が誰だかは分かっている。

「でも、なんで家から出てこないのさ」

「そりゃ、わてかて分かりまへん。だけど、何か人には言えへん事情を抱えているのは確かです。そんなんでわても、黙っていたんですわ」

「その事情ってのは、なんなのさ。あたしらだけでも教えといてくれればいいのに」

「そうだよ。水臭いったらありゃしない」

　おときの話に、おくまが乗せた。そして、さらに言葉を重ねる。

「何か事情を抱えていて、顔を見せられないとあったら、あたしたちが守ってやるってのにさ」

「おおきに。しかし、わてかて細かい事情ってのは分からんさかい。ただ、幽霊でないのは確かやさかい、安心してや」

「でもさあ……」

　青白かった顔色は戻っているが、おときは不満を口にする。

「それにしても、なんで外に出てこないのかね。一度でもいいから顔を見せてくれさえすりゃ、こんな幽霊噺で盛り上がらなくたっていいのに」

　盛り上がるというより、怖がっていたのである。

「いや、ちょっと待って。大家さん、その人たち深い事情を抱えてるって言ってたよね？」

　おくまの問いであった。

「ええ、言いましたで」

「でも、越してきてから五日も経つというのに、一度も顔を見てないってことは

「……」

急に、おくまの声音が落ちる。そして、陰《いん》にこもる声で——。

「あの家の中で、もう死んでるかもしれないよ。幽霊ってのはきっと、その親子が化けて出てきたのさ」

おくまの話で、場が一瞬にして凍った。再び、かみさん連中の顔に青みが帯びた。

高太郎も、そこまでは考えていなかったとみえ、にわかに体に震えを帯びている。

「怖い」

恐ろしさから、夫の褌で顔を隠す女房もいる。

「そっ、そうだよ、それに違いない。柳の下に出てたって幽霊も、きっとそれだよ」

「けっ、けったいなこと、言わんといてな」

高太郎も、かみさん連中の話に乗じて顔色がにわかに変わった。

「早く成仏させてあげなよ、大家さんさ」

「へえ、これから行くところですがな」

言いながらも、大家高太郎の腰が引けている。

「だったらさっさと行って、中を調べてみなよ」

おときが、高太郎をけしかけた。

「坊さんを呼ばんとあかんかいな」

高太郎が、青ざめた顔をして独りごちた。

二

そこに菊之助が、外出《そとで》から戻ってきた。

「何、大家さんをみんなして苛《いじ》めてんだい？」

菊之助が、高太郎の怯えている様子を見やって言った。

「ああ、菊ちゃん。実は、あんたんところの隣の人……」

おときが、かみさん連中を代表して話題の中身を語った。

「家の中で親子心中して、幽霊になったって言ったら、大家さんの顔色が変わったってわけさ」

「死んでたら、どないしよ」

まだ、二十歳そこそこの大家である。親子心中と思い込んでいる。そのあと始末に、高太郎は怯えていた。

「そんなことないから心配するなっての。大家さんも、意外とだらしねえな」

菊之助の、普段の形《なり》は派手である。女物の襦袢《じゅばん》を下に着て、この日は菊と桜が絡んだ丸模様の小袖を纏《まと》い、それを市松模様の角帯で留めている。どこからどう見ても、遊び人風の形《なり》である。その傾奇《かぶき》衣装を役者と見紛《みまが》え、かみさん連中の心をくすぐる。

「菊ちゃん、きょうも一段と艶《あで》やかで、惚れ直しちゃう」

三十をいく分過ぎたおくまが、惚れ惚れとした口調で言った。そしてもう一人、

「いいねえ、菊ちゃんの様子はいつ見ても……」

夫の褌を洗いながら、うっとりとしたおときの目線が向けられた。

「よせやい、亭主の留吉《とめきち》さんに殺されちまうわ。まあ、そんなことはどうでもいいけど、話はお隣のことだよな」

「ええ、そうでおます。なあ菊之助はん、どないしたらよろしいやろ?」

「だったら、そのまんまにしておけば。ちゃんと生きてるから、心配しないでいいよ」

「もう、幽霊になってるんだよ。どうして、そんなことが言えるのさ?」

おときの問いであった。

「物音が、聞こえるからよ。それに、今朝も赤ん坊が大声で泣く声も聞こえてきたし、元気な様子だ」

「それにしても、一度も外に出てこないなんておかしいわよねえ」

かみさん連中全員の首が傾《かし》いだ。

「まったく、けったいな家族やで」

高太郎が、戸口を見やりながら言った。

気持ちの中では、菊之助も変な家族と思っている。

自分ばかりでなく、長屋の誰も見たことはないというのだから、これはただごとではないと踏んでいる。どうやって、生活をしているのかさえも分からない。隣人の姿を見たのは、引っ越してきた夜、暗い中で遠目から見ただけである。なので、顔すらもまったく憶えていない。

「やっぱり大家さん、早く行って確かめたほうがいいな」

心配ないとはいっても、やはり気がかりである。何かあってからでは遅いと、菊之助は高太郎を焚きつけた。

「手前一人では怖うおますさかい、あんさんも一緒に行ってくれますか？」

「そうだな、一緒に行ってみるかい」

頼まれたら、いやとは言えない菊之助である。高太郎は、それを見越していた。

二人並んで、戸口の前に立った。背後で、かみさん連中が興味深げ、そして恐ろしげな表情をして見つめている。

トントンと軽く障子戸を叩き、高太郎が中に声を投げる。

「兆次《ちょうじ》はん、おられまっか？」

大家が、借主の名を知っているのは当然である。亭主の名が兆次とは、菊之助も初めて知った。

だが、すぐには返事がない。

「まさか……」

嫌な思いが、菊之助の脳裏をよぎった。

「心配ないどころじゃねえな」

にわかに焦りを感じた菊之助は、障子戸を引いた。だが、つっかえ棒がかかっているか開かない。

「中にいるんなら、出てきな」

菊之助は声を張り上げ、バンバンバンと障子戸を思い切り叩いた。

「ちょいと、戸が壊れまっせ」

障子戸の修理を案じてか、高太郎が菊之助を止めた。

「戸と人の命、どっちが大事なんで？」

菊之助としては、これで開かなければ蹴破ってでも入ろうと思っている。叩いても開かぬ戸口に、菊之助は蹴りをくれようと着物の裾《すそ》をたくし上げた。赤い襦袢の中に、毛脛《けずね》があらわとなった。

「何をするんでっか？」

「開かなければ、蹴破る以外にねえだろ。中で、四人重なって死んでるかもしれねえんだぜ」

「仕方ありまへんな」

長屋から無理心中が出たとあっては、その後の借り手がつかなくなる。大家にとっては、死活に関わる問題となってくる。

「よし、行くぜ」

菊之助は半身に構え、足を飛ばそうとしたところであった。ゴトッと中からつっかえ棒を外す音が聞こえ、障子戸が開いた。既《すんで》のところで、男の腹に蹴りを打《ぶ》ちかますところであった。

近くで見ると三十歳前後の男で、黒の腹掛けの上に千本縞《せんぼんじま》の小袖を着流す姿は職人風にも見える。

「ああ、生きててよかった。心配しましたぜ、兆次はん」

「それは、どうも……」

高太郎の言葉に、兆次という男は小さく声を発して頭を下げた。だが、眉間に皺《しわ》を寄せ、不安な気持ちは隠せないでいる。

「どうもでは、おまへんで。ちっとも顔を見せんと、長屋のみなはんが心配してまっせ」

文句を言いながらも大家の高太郎は、親子心中でなくて、ほっと安堵の胸をなでおろしている。

高太郎の言葉を聞きながら、菊之助は兆次の顔をじっと見つめている。やがてその表情は、驚愕へと変わった。だがそれは一瞬で、すぐに素顔に戻した。

まったくの初対面だが、兆次の顔の特徴に菊之助は啞然としたのであった。

兆次のほうは、菊之助の表情の変化に気づいた様子はない。菊之助は、何もなかったように心の中に留めて、まずは兆次の事情を聞くことにした。

「中に入ってくれませんか」

兆次のほうから、二人を中へと誘い入れた。そのとき兆次は、半分顔を出し外の様子を気にする仕草を見せた。

　――やはり誰かに追われてるのか？

　それを菊之助は、借金取りと思っている。顔を出せず、家の中で怯えているのも無理はないと得心はしている。だが、やはり五日も顔を出さないのを、異常だと思うのも仕方がない。

　六畳間の奥で、兆次の女房と女児、そして乳飲み子がひと塊《かたまり》になって、怯えた様子を見せている。赤ん坊がいるとは、菊之助は泣き声で知っていた。

「おれは隣に住む菊之助というもんで。何も怖がることは、ありませんぜ」

　菊之助は、兆次に話しかけるよりも、奥にいる女と子供に声をかけた。

「そや、この人はいい人でっせ。もし、何かあったらこの菊之助はんに相談したらよろしおま」

　高太郎が、菊之助をもち上げた。

　狭い三和土《たたき》に三人が立って、兆次の話を聞く。

「あっしは兆次といい、神田《かんだ》多町《たちょう》の庄仙堂《しょうせんどう》って経師屋《きょうじや》の職人で……」

　姿からして職人とは思っていたが、表具師《ひょうぐし》だとは、菊之助もここで初めて知った。

「女房はお里《さと》、娘はお文《ふみ》っていいやす。赤ん坊はまだ生まれて半年ばかりで、これも娘で……」

安心したか、兆次が口調静かに話しはじめた。しかし、菊之助の頭の中は燻《くすぶ》ってい
る。それをあからさまにするのは、兆次の話を聞いてからにしようと表情は穏やかな
ままであった。

「実は、半月ほど前から、変な男につきまとわれて……」

「変な男……どんな男で？」

「遊び人のような……ちょうど、あんたさんみたいな派手な着物を着ていて、半分女
のような男でして。だけど、何も仕掛けちゃこねえ。気味が悪いと思ってたが、何も
ないので放っておいたら五日ほどして、今度はちょっと怖い輩《やから》に狙われて……」

「襲われたので？」

「いや、襲ってはこねえ。ただ、仕事に行くときも帰るときもうしろを尾《つ》けられてい
るのが分かる。あっしが止まると、そいつらも止まる。歩き出すと、そいつらも歩き
出す。ただそれだけに、むしろおっかねえ。いつ何をしでかすか、分からねえから」

兆次が、顔を顰《しか》め恐怖に慄《おのの》いた表情で語る。

「誰が、なんのためにつけ狙うのか分からへんてのは、そりゃ怖うおますやろな」

高太郎も顔を顰めながら、口を挟んだ。

「おれのような、傾《かぶ》いた男はその後どうなって？」

「それが、無頼たちと入れ替わるように男おんなは姿を消して……」

兆次は、男の傾いた姿を男おんなと表現した。派手なところは、どちらにも見えると。

「そいつが、無頼たちを雇ったのかもしれねえな」

菊之助は首を捻《ひね》り、考える素振りをして言った。その間にも、兆次の語りはつづく。

「そいつら、まったく手を出す気配はないんだけど、ただ住処《すみか》と仕事場の周りをうろちょろして、俺のことを探ってるのが分かる。まったく身に覚えがねえってのに。それで、あっしは庄仙堂の旦那に相談をかけたんだ。そしたら、しばらく逃げてろって。女房や娘に危害があっちゃならねえと言われて。奴らは夜になると、長屋から離れる。庄仙堂の旦那から、浅草のけったいい長屋を頼っていけと言われ……」

「庄仙堂の旦那はんと、うちの死んだ親父は懇意にしてましてなあ、ちょうど菊之助はんちの隣が空いていたもんで、お貸ししたんです」

「……それじゃ、借金で追われてではなかったのか」

「借金てのは？」

菊之助の呟きに、兆次が訊き返した。

「いや、こっちの話で」

菊之助は、自分の勘が違っていたのを知るものの、腑に落ちなさが頭の中にこびりついている。それを口にする。

「うまく逃げてきたというのに、なぜに未だに閉じこもっているので？」

「五日前の夜、ここに辿り着きほっと一息したところだった。だけど、やはり外が気になる。荷物を運び入れてから、そっと戸口を開けて外を見たんだ。そしたら、派手な着物を着た男おんなが外を歩いている」

「そいつは、隣に住むこのおれだよ。あの晩、酔っ払って帰ってきたらちょうど荷を運び入れてるのを見たんだ。何か事情があると思って声をかけず、黙ってたってことよ」

「そうだったんですかい。そうとも知らず、ここまで追いかけてきやがったと思ったら、外に出られなくなった」

派手な着姿からして菊之助を、兆次は神田の男おんなと思い込んでいたのであった。それ以後外に出られなかったのは、菊之助が原因でもあったのだ。

それが思い違いだったと知り、心の底から安堵したかのように、兆次の肩はがくりと力が抜けた。

「ところで、兆次さんにはその男おんなや無頼たちってのに、本当に心覚えがないので？」

「ええ。あったら、逃げ隠れなどしねえ」

「気色《きしょく》悪うおまっしゃろな」

「気色悪いどころじゃねえ、気が狂いそうだ。なあ、お里」

兆次が、お里という名の女房に相槌《あいづち》を促した。

「ほんとだよ、おまえさん」

お里からの、返事があった。

「それで、五日もの間外に出ないで、飯はどうしてたので？」

それが一番気になったと、菊之助は問うた。

「人が寝静まった真夜中に井戸で水を汲んで、飯を炊《た》いてた。米だけは、たくさんもってきたので……ずっと、塩むすびばかり食ってた」

「それじゃ、お子たちもひもじかっただろうに」

菊之助は、幼いお文と赤子のことを思いやった。

「用足しは、昼間はなるたけ我慢し、夜中、手燭《てしょく》を持って人目のないのを見計らって済ませてやした」

長屋の奥に、共同の厠《かわや》がある。排泄の用事があるときは、人がいないのを確かめて外に出たと兆次は言う。

「……幽霊の正体見たり枯れ尾花……か」

とんだかみさん連中の勘違いだったと、菊之助は聞こえぬほどの声で呟き苦笑う。

しかし、頭の中の燻《くすぶ》りは、今でもある。それを、どう言い表すかを考えていた。そして、意を決したように口にする。兆次を一目見たときから、心の中で押さえてきたことだ。

「兆次さん、あんたこれまで誰かに間違えられたってことはないかね？」

「誰かに間違えられたってか？」

「ええ、そうで」

「いや……そりゃ、たまには勘十郎《かんじゅうろう》に間違えられることはあるけどな」

「おまえさん、こんなときに冗談なんか言いっこなしだよ」

兆次の軽口を、女房のお里がたしなめた。

「そういえば菊之助さんといったよね、あんた弁天小僧菊之助にそっくりだねえ」

お里が、初めて菊之助に話しかけた。

「ええ。おれもあの芝居が大好きで……すっかり、嵌《はま》っちまいましたぜ」

「その傾いた格好は、そのためで？」

「ええ、道楽で」

いつものように、菊之助が答えた。

とにもかくにも、これで兆次一家は外に出られる。だが、菊之助の頭の中は晴れてはいない。

菊之助は、自分の家に戻るとゴロリと大の字になった。

「もう、あれから三年になるのか」

天井の節穴を見やりながら、独りごちた。そして目を瞑《つむ》ると、三年前の昔日が瞼の裏に浮かんでくる。

三

五年前に本多の家を勘当になり、菊之助は浅草に移り住んだ。

菊之助の様子のよさから当時も、女は引く手あまたであった。

浅草に来てからの菊之助はすぐに、浅草三間町《さんげんちょう》で小料理屋を営むお島《しま》という女のもとに転がり込んだ。十歳上の年増《としま》から見初《みそ》められ、養われる立場となった。いわゆる、情夫《ひも》である。

呑み食いに困らず、その上に小遣いをもらい、それは何不自由のない、極楽ともいえる生活であった。だが、そんな安穏とした生活は、たったの二年二か月と、長くはつづかなかった。

「——お島、誰にやられた⁉」

夜遅く菊之助が出先から戻ると、一緒に暮らしていたお島が、店の板場で倒れている。暖簾《のれん》は外され、提灯《ちょうちん》の明かりが消えている。店を閉めたあとに、強盗に襲われたと思われる。金品を盗まれた上に、匕首《あいくち》で腹を一突きされている。菊之助が戻ったときは、お島は虫の息でかすかに口が動いていた。菊之助は、耳を近づけお島の言葉を聞き取った。

「鼻のよこっちょに、ほくろ……」

と聞こえ、お島は気を失った。そして、意識を戻すことなく二日後に、息を引き取った。

町方役人の手では下手人《げしゅにん》は捕まらず、さらに二年の月日が過ぎた。

二の腕に、緋牡丹《ひぼたん》の彫り物をしたのは、お島の好きな花であったからだ。

お島殺しの下手人を捜すことが、菊之助の日課となった。お島から聞いた『鼻の横に黒子《ほくろ》』の言葉だけを頼りに、江戸中を捜し歩いた。しかし、それだけでは手がかりとしては薄い。たまに見かけても老人とか女、子供である。

菊之助は、当《あ》て所《ど》ない下手人探索で疲れていた。

そんな折、久しぶりに猿若町《さるわかちょう》へとやってきた。

「――たまには芝居でも観ていくか」

およそ、二年ぶりの芝居見物であった。

お島は料理の仕込みで忙しいとき、「――芝居でも観て遊んでおいで」と言って、よく小遣いをくれた。

一緒にいてもお島の仕事は、一度も手伝ったことはない。手伝おうかと言うと「あんたを遊ばせるために、あたしは働いているんだよ」と、一度たりとも板場に入れることはなかった。そして、一度言われたことがある。「あんた、役者になんなよ」と、そのときのお島は、滅多にない真剣な顔をしていた。それで、猿若町の芝居小屋によく通ったものだ。

お島が死んで以来、猿若町には近づくこともなかった。そのときの菊之助は、派手な傾いた姿ではなく、そこいらにいる遊び人風であった。頭は、月代《さかやき》のない野郎髷《まげ》である。

猿若町の市村座の前に、菊之助は立った。

看板に『本日　初演目《えんもく》』とある。河竹黙阿弥《かわたけもくあみ》作の『青砥稿花紅彩画《あおとぞうしはなのにしきえ》』と小文字で書かれ、そして大きく『白浪五人男』と題名にある。その中に市村羽左衛門《いちむらうざえもん》・弁天小僧と名が連なってあった。

この日、市村座で白浪五人男が初めて演目として打たれた。文久《ぶんきゅう》二年三月のことである。

芝居が跳《は》ね、小屋から出てきたときの菊之助は、雷にでも打たれたような衝撃にただ呆然とした。

十三代目市村羽左衛門が演じる弁天小僧の狂言『浜松屋《はままつや》の場』が、菊之助の心をとらえた。

『知らざあいって聞かせやしょう　浜の真砂《まさご》と五右衛門《ごえもん》が　歌に残せし盗人の……』

弁天小僧の、見顕《みあらわ》しの大啖呵《おおたんか》に、菊之助の心の臓《しんぞう》が大きく鼓動を打った。奇《く》しくも、弁天小僧菊之助と名が同じである。

「――これだ！」

お島が言っていたことはこれだと、本気で役者になろうと、以来芝居小屋に入り浸った。お島殺しの下手人探索を、あきらめかけた矢先でもあった。芝居が全てを忘れさせてくれた。菊之助は、生きる心の糧《かて》を、芝居に求めた。お島の遺言だとも思えていた。

「おれを役者にしてくれ。馬の足でもなんでもいい」

座元に頼み込むも、市村座がどこの馬の骨とも分からぬ無頼を受け入れるわけがない。菊之助には、どんなことがあっても、絶対に本多の姓を名乗らないとの気骨があった。それを出せば、生きるに易しかったが、あえて苦難の道を選んでいた。

観れば観るほど、弁天小僧に惚れ込む。以来、市村羽左衛門が演じる弁天小僧菊之助の一挙手一投足を見据え、その威勢を自分のものとした。菊之助を心身ともに変えたのは、ここからである。そして、気持ちは再びお島の敵討《かたきう》ちへと向いた。

ただ一つ、劇中の弁天小僧菊之助と違えたところがある。それは、芝居の菊之助は盗人で悪党だが、逆に自分自身の菊之助は正義漢で通すことにする。なぜなら、死んだお島へのそれが供養でもあったからだ。

「絶対に、お島の仇《かたき》をとってやるぜ。役者よりも、まずはこっちが先だ」

改めて心に誓い、幼馴染の『抜弁天《ぬけ》』の名を借りて二つ名とした。

「ぬけ弁天の菊之助たぁ、おれのこと」

芝居仕立てで、見得を切る。

そして、菊之助は三間町から諏訪町の宗右衛門長屋ことけったい長屋へと移り住んだ。貧乏人が寄り合う長屋であった。

気持ちと住処を改めた菊之助は半年をかけ、背中に弁天様の彫り物を入れ、自らが七福神の化身になったつもりとなった。

それ以来菊之助の姿は、無頼の傾奇者と女形《おやま》が出入りする、一風変わった形《なり》となった。化ける娘の衣装は、お島が若いときに着ていた振袖だった。襦袢も小袖も、お島が残したものであった。

兆次の鼻の横に、大きな黒子があった。

その顔を近くで見て、菊之助は唖然としたのである。

「まさか、こいつが……」

と、そのときは思ったものの様子からして、とても強盗をやらかす男とは思えない。表具師という立派な仕事をもち、しかも二人の子供を育てる一家の主である。菊之助は、すでに兆次をお島殺しの疑いから外していた。

「いや、待てよ……」

菊之助が口にするのは、みな自分に向けての語りかけである。再び目を開けると、天井の節穴の横にある黒い点が目に入った。黒い黒子に見える点を、じっと見つめて考える。

――兆次を尾けた男おんなってのは……？

「もしかしたら」

と口にしたと同時に、菊之助の上半身が起き上がった。

「さっきは、すまなかったな」

菊之助は、再び兆次のもとを訪れた。

「兆次さん、これから神田に行ってみねえか？」

「なんだって？　あっしらは、あそこから逃げてきたんだぜ」

「だから、行くのよ。そうでないと、いつまでも神田には戻れないぜ」

「なぜに、菊之助さんは……？」

「おれは、兆次さんの顔を近くで見たとき、愕然としたんだ。その理由《わけ》ってのは……」

菊之助は、お島殺しの一件を語った。

「それからってもの、おれは江戸中を駆けずり回って、鼻の黒子を捜したってわけだ。

そしたら……」

「あっしの、この黒子にってか？　俺は、人殺しなんかではねえぜ」

「そいつを証明するためにも、一緒に神田に行ってくれ」

「あっしが行って、どうするんで？」

　兆次の返事に、怯えがある。それを和《なご》ませるように、菊之助は口にする。

「おそらくだけど、おれと同じように鼻の黒子を捜している奴がいるんだ。その事情《わけ》ってのは、分からんけどな。あんたの黒子を見て、おそらく神田の男おんなは追っかけていたのかもしれない。ああ、同じく無頼たちもだ」

「ってことは……？」

「ああ、そいつらが捜してる奴ってのは、おそらくおれと同じ野郎だと思う。もしかしたら、お島を殺した男かもしれねえってことだ」

「お島さん殺しの下手人を……」

「ああ、そうだ。おかみさんや、お文ちゃんはここにいたほうがいい。そんなんで、あんただけもう一度神田に戻っちゃくれねえか？」

　どうしたらいいかと、踏ん切りがつかず兆次が考えている。

「そうしてやんなよ、おまえさん」

そこに、女房のお里が声をかけてきた。

「あたしとお文だって、早く神田に戻りたいがね。幽霊に間違えられてまで、いたくないわよ、こんなけったい長屋」

「おっとう、あたいも。まいにちおむすびばかりじゃ、もういや」

お里とお文の嘆願が、兆次の気持ちを動かす。

「もうおむすびばかりじゃないぞ、お文ちゃん。おれが、長屋のおっかあ連中に、おいしいものを作ってやってくれと頼んでやる」

「井戸端を貸してくれたら、あたしが作ります」

外では、まだかみさん連中が洗い物をしている。お里は赤子をおぶり、お文の手を引いて、外へと顔を出した。

「あたしたちは、幽霊なんかではありません。ちゃんと、足がついてますわよ」

お里の言葉に、かみさん連中の笑い声が聞こえてきた。

まだ、昼前である。

さっそくとばかり、菊之助と兆次は神田多町へと向かった。

神田多町へは、浅草御門から柳原《やなぎわら》通りに出て、神田川沿いを西に向かう。御成り道の筋違御門《すじかいごもん》を見て、八ツ小路から日本橋《にほんばし》に通じる大通りへと入る。神田錦町《にしきちょう》の、一本目の辻を右に曲がるとそこが神田多町である。

周囲を気にし、兆次は怯えながらも、多町へと足を踏み入れた。

多町は『めった町』とも呼ばれ、諸国から集まる乾物やお茶などいろいろな食材問屋が軒を並べるところであった。その一角に、まったく業種の異なる経師屋庄仙堂が店を構えていた。

襖紙を貼る糊の匂いが、店先に漂ってくる。店とはいっても、表具職人の仕事場である。

「親方はいるかい？」

糊を練っている若衆《わかいし》に、兆次が声をかけた。

「兆次兄《あに》い……いったいどこに……？」

「どこだっていいさ。それより、親方は？」

そのやり取りを、菊之助はうしろで見ている。職人としての、兆次の貫禄を感じ取っていた。

「おう、兆次……」

声が聞こえたか、奥から五十歳ほどの男が出てきた。額《ひたい》の皺が深く繊細な感じは、いかにも職人の親方という雰囲気をかもし出している。

「のこのこ戻ってきて、大丈夫なんか？」

「へい。迷惑をかけやしてすいやせん。ただ逃げ回ってばかりいたって、仕方ねえもんで……」

兆次の話を聞きながら、親方の目は菊之助に向いている。一風変わった形《なり》に、親方の額の皺はさらに深く刻まれている。

「兆次を追っかけてたってのは、この男おんなじゃねえのか？」

昔堅気の親方からすれば、菊之助のような傾いた姿は、みな一緒くたに女に見えるのだろう。目のつり上がった表情に卑下する様子が現れていた。

「いえ。この方は菊之助さんといって、けったい長屋の住人でして。この人から『こんなところで燻ってたって、なんの解決にもならねえ』と言われまして、それで一緒に来てもらったたってわけで」

兆次の話で、親方の顔も和みをもった。

「そうでしたかい。そういえばあんた、市村座で観た弁天小僧になんか似てるね。菊之助って、名もおんなじだしな」

芝居好きであることが、話でも分かる。兆次はいい親方についていると、菊之助は心の内で思えていた。

「ええ、あの威勢を気取ってまさあ。ですが、おれは盗人ではありませんよ」

「そうかい。兆次が世話になったな。申し遅れたが、おれは庄仙堂の主で、庄三郎《しょうざぶろう》ってんだ」

親方が、自らの名を語った。

「ここじゃ仕事の邪魔になる。奥に来ねえか」

庄三郎が、自分の部屋へと案内する。そこに、お内儀《かみ》が茶を運んできた。

親方よりも二十歳ほど若く見え、水向きの匂いがする粋な女である。

——年恰好が似ている。

菊之助はふと、お島の面影を見る思いであった。

「あんた、役者さんかい？」

菊之助の膝元に湯呑を置きながら、お内儀が流し目を向けた。

「いや、そんなんじゃありませんよ」

「そうかい。ずいぶんと様子がいいから……羽左衛門が来たかと思ったよ。あたしは、澄《すみ》っていうの、よろしくね」

砕けたお澄の口調に、親方の額にはさらに皺の数が増えている。心底穏やかでないといった表情だ。

「いいから、おめえはあっちに行ってろ」

「それじゃ、ごゆっくり」

と言ってお澄は、菊之助に未練を残すように下がっていった。

## 四

兆次がけったい長屋での様子を語り、菊之助が神田多町に来た事情を語った。

「そうかい、兆次を追いかけてたって奴らも、鼻の黒子が目当てってことか？」

「そう睨んでます。そいつらも、もしかしたらおれと同じ男を捜してるのではないかと」

「だとしたらすぐに近寄ってきて、話しかけるか襲うか、なんかするだろうに。なんで遠回しに兆次を追っかけ回すんだ？」

「さあ、それは聞いてみませんと。一つだけ考えられるのは、鼻の黒子が相当に腕っ節が強く、とても敵《かな》わない相手と思い込んでたらどうです。不意打ちをかますために、隙をうかがっていたとも考えられます」

いつの間にか、菊之助は捜し求める相手を『鼻の黒子』と名づけていた。

「鼻の黒子と兆次を間違えていたってことか」

庄三郎も、菊之助と呼称を合わせて言う。

「兆次さんが間違えられている男をこの三年、おれはずっと捜しつづけているんです」

菊之助が、口角泡を飛ばして言った。

「そういうことだったかい。だったら兆次、おめえこの人を助《すけ》てやりな」

「ですが、親方。そうと分かったら、仕事に戻らねえと……」

「いや、いい。これから襖張りも暇になる季節だ。それと、菊之助さんの言ってることが、当たっているかどうかさえ分からねえ。それがはっきりするまでは、仕事をしてたって落ちつかねえだろ。それと、お里やお文の身に何かあったらいけねえからな」

職人の家族まで案ずる親方に、菊之助はますます男の粋を感じ取っていた。

「それじゃすいやせんが親方、もう少し暇をいただきやす」

「ああ、さっぱりして戻ってこい」

庄三郎が、大きくうなずき返したところであった。

「ちょっといいかい？」

　と言って、お内儀のお澄が入ってきた。

「ああ、話は済んだところだ。菊之助さんは、お帰りだよ」

　庄三郎が、女房のお澄に向けて言った。

「ちょっとすまないが、話が耳に入っちまってね。菊さんを世話してたって……」

「おい、ちょっと待て。菊さんだなんて、いやに慣れ慣れしいな」

「やだね、おまえさん。いい年をして、焼き餅を焼いてるよ。あたしと菊さんとは、少なからず縁があるのさ」

「どういうことだい？」

　亭主としては、心穏やかならない女房の語りである。身を乗り出すようにして庄三郎が訊いた。

　菊之助は、目の前にいるお澄とはまったく面識がない。

「あたしと浅草三間町のお島さんとは幼馴染でね……」

「えっ、お島と？」

　お島との縁を聞いて、菊之助が驚く表情を見せた。

「そういえば聞いたことがあるな。お澄の幼馴染が殺されたって……そうかい、あんたはそのお島さんて女《ひと》のこれだったのかい」

下世話にも、庄三郎が親指を立てた。

「だったら菊さん、あたしからもお願いするよ。お島さんの仇を、ぜひ討ってちょうだいな」

「ええ、もちろん。お澄さんのためにも、一肌脱ぎますぜ」

菊之助は袖をめくって緋牡丹の彫り物を晒し、見得を切った。

「まあ、かっこいい。十三代目が、そのまま抜け出てきたみたい」

十三代目とは、弁天小僧菊之助が当たり役市村羽左衛門のことである。お澄が、うっとりとした眼差しで言った。

「ところでお澄さんは、神田界隈でおれみたいな男を知りませんかね？」

菊之助の姿を、兆次はつけ狙う男と間違えていた。自分を見本にすれば、芝居好きなお澄なら何か分かるかと、菊之助が問うた。

「身形《みなり》が、男おんなみてえな奴か？　芝居の中ならいるけどな」

庄三郎が、口を挟んだ。

「町中で男が女物の衣装を着るのは、俺はどうも駄目だな」

と、庄三郎は首を振る。

「あんたは、黙っておいでよ」

お澄が、亭主をたしなめた。堅物の出る幕でないと、顔が語っている。

「それでなんだよ、あたしがのこのこ出てきたのは」

「お澄は何か知ってるんか？」

庄三郎の問いに、お澄は小さくうなずいた。

「大通りの向こうの三島町《みしまちょう》に、そんな女装をする人たちが集まる、怪しい茶屋があるらしいのさ。なんと言ったっけ……そうだ、たしか『じょそっ娘館《こやかた》』とかって名の、変な茶屋があるって聞いた。あたしゃ行ったことはもちろんないけど。というのも、女装をした男でないと入れないところらしいわ」

じょそっ娘とは、女装娘とでも書くのだろうか。菊之助でも、初めて耳にする言葉であった。

今の菊之助の姿は、まったくの女装ではない。遊び人の傾いた野郎姿である。もし行くとすれば、振袖を着て頭も娘島田に結い変え、娘に成りきらなくてはならない。だが、目当ての男は今の菊之助と同じような着姿だと聞いている。はたして、茶屋に出入りしているかどうかはなんともいえない。

菊之助は、それでも行く価値はあると思った。普段からこういう傾《かぶ》いた格好をしている男は、女装の道楽をみなもっているものと。

「じょそっ娘館ですか。兆次さん、そこに行ってみますかい？　だったらおれも、じょそっ娘に成りきるから」

菊之助が、兆次を誘った。

「いや、あっしは……」

兆次が、手を振って拒む。

「何言ってるんだい、兆次は。あんたを追っかけてた男おんなが、そこにいるかもしれないんだよ。腹掛けに着流しの職人姿で遠慮があるとしたら、あたしの着物を貸してやるから、あんたも女装してお行き」

「もっと、いやで」

顔を顰めて、兆次が拒む。

「だらしない男だねえ、それでも金玉ついてるんかい？　目の前にいる、菊さんを見なね。このくらい堂々としてりゃ、かえって男らしいってもんだ。それに、じょそっ娘に成りきろうとも言ってるじゃないか。いい気風《きっぷ》で、あたしゃ本当に惚れそうだよ」

「よせやい」

庄三郎も、顰め面をして半畳《はんじょう》を入れた。

じょそっ娘館を、兆次は恐ろしいところと思っている。しかも、自分を追いかけてきた男おんながいるかもしれないとしたら、敵地に向かう心境でもあった。しかし、これだけお澄にけしかけられては、兆次も男としていやとは言えない。

「分かりやしたよ、おかみさん。だけど、もし生きて帰れなかったら、お里とお文、それとお春のことは頼みますぜ」

「ああ、殺される覚悟で行っておいでな。もし兆次に何かあったらこっちでみんなの一生面倒見るから、心配しないでいいよ」

「いいよってね、おかみさん……」

お澄と兆次のやり取りを聞いていて、きょう日の女は強くなったと、菊之助はふと苦笑った。

じょそっ娘館に入るには、娘に成りきっていかなくてはいけない。

そのために、一度浅草諏訪町に戻り翌日出直すことにした。兆次は、女に化けるため庄仙堂に泊まることとなった。

翌日の昼八ツごろ、菊之助は頭を娘島田に結い変え、そこにびらびらの簪《かんざし》やら鼈《べっ》甲《こう》の櫛《くし》などを挿して二十娘のつもりとなった。着物は、お島が娘のときに着ていた、薄紅色の地に井桁絣《いげたかすり》の模様が入った振袖である。深草色の唐草《からくさ》と鳳凰《ほうおう》の柄《がら》が施された帯を、吉弥結びで留めている。

一見しては、どこから見ても女である。だが、じょそっ娘館には、一つだけ決め事があると、下調べしてある。それは、女の格好をしていても、どこかに男が出ていなくてはならない決まりであった。そこは『道楽者』の集まりである。女に成りきっているつもりはないと一線を画している。

菊之助が本気で女装をすると、体の全身から男は消える。どこで、男を出そうかと考えた末に思いついたことがあった。

庄仙堂に赴《おもむ》き、兆次の姿を見て、菊之助は腹を抱えて笑いそうになったのを、ぐっと堪えた。真っ白く塗った顔に、目玉がぎょろりと剝き出しても鼻の黒子は隠せない。頭は月代があるので、鬘《かつら》を被《かぶ》っている。鬘は毛髪でなく、娘島田の髪形に墨が塗られた、芝居の小道具をどこかで借りてきた張りぼてであった。櫛や簪は、すべてが絵で書かれている。

鹿の子絞りの振袖は、お澄のものである。それも、丈が合わずつんつるてんで、白足袋《たび》のこはぜまで見える始末だ。

「あっしは、こんな格好で町を歩きたくはねえ」

「おめえの家族の命がかかっているんだぞ」

「そうだよ。じょそっ娘館にはもってこいの姿だがね」

兆次の涙ながらの訴えに、庄三郎とお澄が説き伏せる。

「男のおれから見たって、惚れ惚れするぜ」

菊之助が、それに上乗せをする。菊之助が男を一つ表すとしたら、その野太い声音と無頼言葉であった。

庄仙堂の職人たちの笑いを背にして、菊之助と兆次はじょそっ娘館を目指した。

## 五

庄仙堂を出て、戻るような形で錦町の大通りを渡る。

途中、通行人の好奇な目が向くが、菊之助はまったく気にすることはない。いや、それを誇っているか堂々の姿である。一方の兆次は大きな身を縮め、顔を伏せながら歩く。

「もっと、堂々としたらどうだい？」

「あんただから、そう言えるんだ。人の気持ちにもなってくれよ」

ぶつくさと、文句を垂れながら歩くうちに目的の場所に着いた。

小柳町《こやなぎちょう》を通り越して、一町ほど東に行ったところが神田三島町である。町人が住む、なんの変哲もない町並みの中に、黒塀に囲まれた一軒家があった。

ちょっと異彩を放った建屋の造りである。数奇屋造りの出入り口は格子戸で、紫の長暖簾がかかっている。暖簾には何もかかれていないし、茶屋の看板もない。

一見、出会い茶屋と見紛う雰囲気を醸し出している。茶屋というよりも、やはり怪しい館といったほうが相応《ふさわ》しい。

「ここだな」

門の前に立ち、菊之助はここが『じょそっ娘館』という茶屋であると判断した。

「入りますかい？」

菊之助にはまったくためらいがないが、兆次が躊躇している。

「こういうところは、初めてなもんで……」

長暖簾の前で、足が竦《すく》んでいる。そういう趣味はないとの思いと、自分が狙われているとの思いが、兆次の中で混在していた。

「おれもはじめてだが、どうってことはないさ。こういった女の格好をしている男ってのは、みんなおれみたいにいい奴ばかりでね。おそらく兆次さんを尾けてた男おんなってのも、悪い奴じゃないと思うけどな。そいつだって、鼻の黒子に恨みでもあるんだろう。事情《わけ》を聞いてあげたっていいんじゃねえかい。それに、兆次さんもせっかくきれいに娘に化けたことだし」

菊之助は、笑いながら兆次を説いた。

「しょうがねえか」

菊之助に説かれ、兆次の決意は嫌々《いやいや》ながら固まったようだ。もっとも、ここまで来て引き返すことはできない。

まずは、菊之助が先に暖簾を潜《くぐ》る。短冊形の敷石を十歩ほど行くと、細かな升目格子の引き戸がある。障子紙も淡やかな朱の色で、あきらかにその趣味の人たちが好む造りであった。

「なんだか、気色悪いね」

ここまで来ても、兆次は怖気《おじけ》づいている。

「そうかい、どうってことはないぜ」

菊之助の言葉は、むしろ荒くなり声音もどすを利かせている。男の一点を、ここで表すことにしている。兆次の場合は、そのまま男であることは一目瞭然であった。

振袖の襟《えり》を整え、菊之助はおもむろに遣戸《やりど》を開けた。

内部の壁も、弁柄《べんがら》色で統一されている。女装趣味は、派手好みである。そんな気持ちを量《はか》るような、装飾が施されている。

「ごめんよ」

菊之助が、野太い声を奥に飛ばした。

「……外見と声が正反対だぜ」

兆次の呟きが、背中から聞こえてきた。

「おもしろいもんだぜ。どうだい、兆次さんも女形になった気持ちは？」

菊之助は振り返り、兆次に問うた。

「これっきりにしてくださいよ」

手を振って、兆次が拒んだそこに、奥から足音が聞こえてきた。

「はあい……」

と、声も聞こえてくる。

「あら、様子のいい娘《こ》。初めての娘《こ》ね」

髷《まげ》を島田に結い、大振袖を着た女、いや男が戸口先へと出てきた。男と一目で分かるのは、顔面の髭剃《ひげそ》りあとが青々しいからだ。それでも唇が真っ赤に塗られ、自分は女だと思っている。齢《とし》は、四十歳にもなろうか、十八娘の格好に奇天烈《きてれつ》さが充分に溢れている。

目をぎょろりと見開き、それは菊之助ではなく兆次に向いている。そして、菊之助に目が移った。

「お嬢さんは、ここには入れないわよ。女装をした、男の人だけ」

女言葉で、菊之助の来訪を拒んだ。まったく男とは気づかないでいる。

「それじゃ、おれは帰るぜ」

菊之助は、踵《きびす》を返し外に出ようとする。

「あら、ちょっと待って。もしかしたら、あなたも……？」

「ああ、そういうこった」

「だったら、いいわ。どうぞ上がって……」

男おんなの許しを得た。

「お昼を過ぎたばかりなので女将《マーマ》さんとあたし以外、誰もいないわよ。ところでこのお店、誰から聞いてきたの？」

「誰かの紹介がないと、来てはいけないのか？」

菊之助が、男言葉で応ずる。そこしか、男であることを表現できないからだ。

「別にいいんだけど、たまに変なのが来るから。でも、あなたたちは大丈夫そうね」

兆次の形《なり》は、見ただけでも変だろうと思うものの、それがここでは普通であった。

むしろ、菊之助の女形のほうが不審に思われる。

「そうそう、あたしお弓《ゆみ》っていうの、よろしくね」

自分の名におの字をつけ、じょそっ娘が名を語った。

「おれは、お菊。こっちは、お兆」

菊之助が、自らと兆次の名を語った。

「そうなの。お兆ちゃんて、とてもいいじょそっ娘さんね」

兆次のほうがほめられるので、菊之助の頭が混乱してくる。

話しながら廊下を歩き、部屋の襖を開けた。そこは二十畳ほどの広さの部屋で、入ると別世界である。床は畳ではなく、毛羽立ったものが一面に敷かれている。

「西洋の敷物でジウタンっていうらしいの。ふかふかしてるでしょ」

お弓が、敷物を踏みながら言った。

部屋の中に丸型の卓が数脚配置され、それぞれの卓の周りには四人分の腰掛けが据えてある。部屋の入り口近くには、横に張られた立ち飲み台があり、その内側に女将が入りお客を接待する。西洋の部屋を、模倣したものである。

長年、国を閉ざしていたこの国に、昨今異国から開国を迫る船が押し寄せてきている。遠い国の文化が庶民に伝わっていたとしても、なんら不思議ではない。世の中は今、そんな激動の時代であった。

奇をてらった店は、江戸の中にもけっこうある。その中でもじょそっ娘館は、それに輪をかけたほどの奇天烈《きてれつ》さを醸し出す店であった。


「いらっしゃいませ」

一段と艶《あで》やかな衣装を着た女、いや男が菊之助と兆次を迎え入れた。立ち飲み台の内側で、湯呑茶碗を布でもってきれいに磨いているところであった。

「女将《おかみ》のお糸《いと》さん。ここでは、マーマって呼んでるのよ」

お弓が、女将を紹介する。菊之助でも、初めて耳にする言葉である。

「マーマって、なんだい？」

「あら知らないの、いやね。西洋の言葉で、本来はおっ母さんって意味らしいの。女将のことを、マーマともいうのよ。丸い卓はテブルで、腰掛はチエアっていうの。この長い横板はカウンタっていうのよ」

聞き慣れない異国語と部屋の造りで、時代の先取りを自慢している。

「へえー、初めて知ったな」

菊之助が、大袈裟に驚いてみせた。

「ママ、初めてのお客さまよ。お菊ちゃんとお兆ちゃん」

「あら、とても素敵なお嬢さま」

マーマであるお糸の目が、兆次のほうに向いている。どんな美意識かと、菊之助は首を傾げる心持ちとなった。

ママといっても、これも男である。女以上に女らしく振る舞うも、どこかに男らしさを醸し出すのが、じょそっ娘の決まりである。五十歳は過ぎているだろうか。細い首に、咽喉仏《のど》が突き出ているところが、なんとも男っぽく見える。ちょっとかすれた声で、女将が兆次を褒めた。

「こっちの人が、お菊ちゃん。じょそっ娘というより、本当の娘さんよね。でも、声と言葉がまるっきり男。それもすごいことよね、ねえマーマ」

「ほんと。どっちも、個性がよく出ていていいわ。これからも、仲良くしてね」

ママの眼鏡に適《かな》っても、兆次の震えは止まらない。それが、危うい探りであるのか、気味の悪さからきているのか。両方にも取れる。

「よくいらしたわね。お好きなところ座って、どうぞごゆっくりなさって」

お弓も客の一人である。そのお弓に案内され、一番奥にある丸いテブルに、菊之助たち三人は囲んで座った。

「ここではみんな、女の衣装になって艶やかさを競うのよ。まだ、夕刻前なので、お客はあたし以外誰もいないけど」

夕方になれば、少なくとも毎日十人は来るという。同じ趣味同士の者たちでお話をしたり、お酒を呑んだりして、ただそれだけの時を過ごす場所だとお弓は言った。

「じょそっ娘さんにはいろいろな人がいてね、お武家さんとか商家の大旦那とか、お医者さんとか偉い人もたくさんいるのよ。かくいうあたしも、本当はお侍なの。小普請組で仕事もないから、昼からここに来てぼんやりしているわ。そうそう、ここでは本当の名は伏せてていいのよ。素性を根掘り葉掘り訊かないのが、ここの約束ごとなの。自分で喋りたければ、それでもいいけどね」

お弓があれこれと、じょそっ娘の館の掟《おきて》を語ってくれた。菊之助も、こういう場所には初めて足を踏み入れ、その異様さに目を丸くしている。

# 六

じょそっ娘となって、遊びに来たのではない。

このままではここに来た本来の目的が達せられないと、菊之助が切り出そうとしたところであった。

「ごめんね、あたしこれから帰らなくてはいけないの。ゆっくりしてってね」

と言って、お弓が立ち上がった。仲良くなったお弓から、いろいろ訊き出そうとしたが、肩透かしを食らう。

「それじゃ、またな」

引き止める道理もなく、菊之助もそう言う以外にない。

カウンタの奥にいるお糸と二言三言、言葉を交わすと、お弓は出ていった。入れ替わるように、マーマのお糸が盆を持って近づいてきた。盆には取っ手のついた湯呑が三つ載っている。

「テーをどうぞ」

器の中身はテーという、琥珀《こはく》色した茶の一種である。

「あたしも交ぜていただいてよろしいかしら？」

菊之助の返事も待たず、お糸はチエアに腰をかけた。ほかに客はいない。新顔の客をもてなすつもりだろうと、菊之助は取った。すると、お糸が対面に座る兆次の顔をまじまじと見やっている。それがいやか、兆次はあらぬほうを向いてお糸の視線を避けている。

お弓よりお糸に聞いたほうが早いのではないかと、菊之助は都合よく踏んだ。

「マーマにちょっと、訊きたいことがあるんだが……」

だが、お糸の視線がずっと兆次に向いている。

「お兆ちゃんて、あたしの好み……」

菊之助の声は聞こえていない。兆次ときたら、下を向き嘔吐をしそうな顔色である。

「あらいけない、あたしったら。じょそっ娘さんに惚れちゃ駄目ってのが、ここの決まりだったわ。ごめんなさいね」

一言謝り、お糸は立ち上がると自分の居場所へと戻っていった。

それから四半刻ほどが経った。

「兆次さん、出直そうか？」

ここでぼけっと話をしていても、無駄に時が過ぎるだけだ。

「そうしましょうぜ、菊之助さん」

ここには、一時《ひととき》たりともいたくないと、兆次の表情は語っている。

「夕方、また来てみよう」

「また来るのかい。こんな、格好でか？」

「仕方ないだろうよ」

言いながら、菊之助は気の毒にも思っている。それにしても、兆次の格好はすごいと苦笑う。

「早く帰ろうぜ」

兆次が先に立ち上がったところであった。そこに、ドタドタと慌しい足音が聞こえたと同時に、部屋の襖が開いた。そして五、六人の男たちがなだれ込んできた。

「あっ、あいつらだ」

驚愕の声を発したのは、兆次であった。

「あいつらって……？」

「あっしを追ってた奴らだ。あっ、男おんなも一緒だ」

一瞬の、やり取りだった。

一人は、弁柄《べんがら》色の地に白い朝顔の花を大きく咲かせた派手な小袖を着込んでいる。頭は月代のない野郎髷だが、普段の菊之助と張り合うほどの傾奇者である。あとの四人は着流し姿で腹巻を晒し、やくざ紛《まが》いの無頼風であった。

ここは男姿での立ち入りはできないはずだが、マーマのお糸は何も咎めることはない。それよりも、その後ろにお弓がいたことで、菊之助は真相を知った。

「お波《なみ》ちゃん、あそこにいるわよ」

お弓の指が、菊之助のほうを向いている。

「……なるほど、そういうこったか」

菊之助は、得心をした。すると、五人が菊之助と兆次のほうへと近づいてくる。

「待たなくたって、お弓ちゃんが連れてきたみてえだ」

菊之助は含み笑みを浮かべ、その背後で兆次は震えている。

五人が、菊之助の前に立ちはだかった。

「こんなところにいやがった。おめえも、女装が道楽だったか？」

派手な衣装を纏った、お波と呼ばれた男が先頭に立って、菊之助越しに言った。この男も女装を道楽とした、じょそっ娘であった。だが、今は娘に成りきっていない普段の姿である。なので、言葉はやくざ無頼そのものである。あとの四人は、その手下たちであった。

「あんたらか、この人を追ってたってのは？」

「ああ。とっ捕まえようと思ったところで、どこかに消えちまった。まさか、じょそっ娘だとは思わなかったぜ」

喋るのは、お波一人である。菊之助は自分と同じ臭いに、一筋縄ではいかぬ無頼の強さを感じ取った。

「お嬢、怪我をしないうちに、そのうしろにいる男を渡しな」

「いやだねと言ったら、どうしやがる？」

「おめえ、まったくお嬢にしか見えねえけど、ずいぶんと伝法な言葉を吐くじゃねえか」

「それが、ここの決まりだってんでな」

「その男を渡さねえってんなら……」

お波の顎がピクリと動き、手下たちのへの合図となった。四人がそろって匕首《あいくち》を抜いた。

「ここで、そんなものを抜かないで！」

カウンタの奥から、お糸が絶叫する。

「おい、匕首を引っ込めろ。相手はじょそっ娘じゃねえか」

お波が手下たちをたしなめると、匕首は鞘に納まった。菊之助も、匕首の鋒《さつさき》が向いたときは鴉《からす》の嘴《くちばし》にも思え、体に震えを帯びたが、それも治まりほっと安堵する。

手下三人が、菊之助を捕らえようと振袖に手を伸ばした。

「汚ねえ手で触るんじゃねえ」

菊之助は、そのうちの一人の手首をつかむと関節を逆に捻った。

「痛てててっ」

苦痛で、手下の顔が歪んでいる。

手首の関節が外れるまで、あと一捻りといったところで止めて菊之助が啖呵を放つ。

「おれたちに手を出すってえと、こいつの腕がへし折れるぜ」

「だっ、代貸《だいがし》……」

顔から脂汗を垂らし、お波を代貸と呼んだ。

「あんたら、一家のもんかい？」

菊之助が、すかさず問うた。しかし、男の手は捻ったままである。解くかへし折るかは、相手の出方次第であった。

「ああ、そうだ。俺たちの親分がな、おめえのうしろにいるその変な形《なり》の男に殺されたんだ。ようやく見《め》っけたってのに……」

「ならば、なんですぐに連れてかなかった？」

お波の言葉を遮り、菊之助が問うた。それでもまだ、手下の手首を離してはいない。

離したら、またも匕首の鋒を目にすると思っているからだ。

「ちゃんとした証《あかし》がつかめなかったからよ。だが、その矢先に奴は逃げやがった。それが何よりの証だ。何もなけりゃ、逃げることもねえだろ」

「でけえ間違いをしてるぜ、お波ちゃんとやら。あんたらみてえなやくざ者《もん》に尾けられてちゃ、誰だって逃げたくなるだろ。あんた、もしかしたらこの人の鼻の黒子を見て親分を殺した相手と思ったんだな？」

「ああ、そんなところだ」

ここで、ようやく菊之助は男の手を離した。

「痛かっただろう、もういいぜ」

手首を振りながら、男は五人の中に交じった。

「この人は、親分を殺《や》ってない。ああ、それはおれが保証する。実は、ここであんたたちを待ってたんだ」

「どういうことで？」

お波の言葉は、穏やかになっている。菊之助と兆次、そしてお波が一つテブル座り、手下たちは隣のテブルに腰をおろした。互いに、じょそっ娘館に来た理由《わけ》を語る。

代貸が、親分が殺された経緯を語った。

「半年ほど前、先代の親分が博奕《ばくち》場の帰りに追いはぎに遭い、匕首で刺されちまった。報せを聞いて俺たちが駆けつけたときは、虫の息だった。今際《いまわ》の際《きわ》に『鼻の横っちょに黒子が……』って、言い残してな」

お島のときと、まったく状況が同じである。そこに菊之助は、因縁を感じていた。下手人は同じ奴だとの、勘が働く。

「やっぱりそうかい」

「やっぱりってのは……？」

今度は、菊之助の語る番となった。

「おれも、鼻の黒子の男を追ってるんだ」

菊之助は、お島殺しの経緯を語った。神妙な面持ちで、お波は聞いている。

「てなわけでな、おそらくだがあんたらの親分とお島を殺した奴は同じじゃないかとおれは思っている」

ゆっくりとした口調で、菊之助は言葉を置いた。

話を聞き終え、お波も腕を組み考え込んだ。太い腕に、龍《りゅう》の彫り物の尻尾《しっぽ》が、袖の中に見え隠れする。


そこに、お弓が近寄った。

「ごめんなさい。あたしがこの人たちを呼んできたの。お兆ちゃんの、鼻の黒子を見たときから、お波ちゃんのところの親分を殺した人だと思ってね」

「いや、かえってありがたかった。礼を言うのはこっちだ」

謝るお弓を詰《なじ》ることはしない。むしろ、重い頭を菊之助が下げた。そして、顔をお波に向ける。

「お波ちゃん、おれと一緒に下手人を捜さねえか。おれは菊之助ってんだ」

ここからは、じょそっ娘の呼び名はいらない。信用させるため、菊之助は本名で話すことにした。

「拙者もいてもいいかな？　できるなら、力になって差し上げたい」

お弓が、侍の言葉となった。

「すまんな、お弓ちゃん」

「いや、拙者は室田弓之進《むろたゆみのしん》と申す。これからは、室田とでも呼んでくれ」

「でしたら室田様は、話だけ聞いててください」

弓之進のほうが年上なので、菊之助は言葉を敬う。

「分かった。拙者は、黙って話を聞くことにしよう」

振袖の中で腕を組んで、室田弓之進は黙った。

そこに、女将のお糸が熱燗《あつかん》を運んできた。

「ごゆっくり」

とだけ言って、戻っていく。

「俺は、波五郎《なみごろう》ってんで。どことはここでは言えねえが、これでも渡世に一家を張った代貸でな」

お波は改めて、やくざ一家の代貸と本名を語った。じょそっ娘はあくまでも、気晴らしの道楽だという。

「一献、どうだい」

言いながら、波五郎が室田に酒を勧めた。

「かたじけない」

お弓の返事であった。

「代貸、これからは一緒に鼻の黒子を探さないか？」

菊之助が、再度持ちかけた。

「そうだな、菊之助さんに乗ったぜ。あんた、いい気風《きっぷ》をしてる。芝居の弁天小僧にそっくりだ」

齢は波五郎のほうが上だが、言葉に敬意がこもっている。一角《ひとかど》のやくざだと、菊之助も波五郎を敬った。

「兆次さんには、怖い思いをさせてすまなかった。浅草からおかみさんと、お子たちを連れ戻してくだせえ」

表具師兆次の件は、これで落着となった。

## 七

さて、どうやって鼻の黒子を捜すか。

その後、じょそっ娘の館での話は、そのことに集中した。

「まったく手がかりはねえので？」

「ええ。三年捜し回って、ようやく見つけたのが、この兆次さんだ。それで、肩透かしに遭った」

「そいつは俺もおんなじだ。鼻の横の黒子だけでは、どうにも手が負えねえ」

「何か、いい方策はござらんかの」

そこに、室田弓之進が言葉を挟んだ。

みな、平素の言葉に戻っている。それだけに、女の姿は余計に奇妙奇天烈に見えてくる。

さて、どうしようかと考えているだけで、時だけが過ぎていく。そのうち、夕七ツを報せる鐘の音が聞こえてきた。そろそろ、じょそっ娘さんたちが集まってくるころだ。

ドタドタとした足音が、廊下から響いてきた。襖が開くと、お姫様のように、頭にいくつもの簪を挿したじょそっ娘が入ってきた。煌《きら》びやかな衣装に身を包んでいるが、歩く姿はまるで男である。

「あら、お甲《こう》ちゃん、いらっしゃい。きょうも簪が、とてもきれいね。そのびらびら簪とてもかわいいわ、どこで買ったの？」

どこか一つ、必ずお糸は褒める。

「日本橋の白田屋《しろたや》よ。もの凄く高かったのよ、これ」

白田屋といえば、とびきり高級な品物を売るので有名な店だ。銀細工の、びらびらが垂れた簪を指で摘《つま》みながら、お甲が自慢げに言った。この日は、それを見せびらかしに来たと、自ら語った。

「お甲ちゃんは、お金持ちだから。ちょっと人の顔をいじくるだけで、なん十両も取るんでしょ」

お糸の口から、うらやましげな言葉が漏れた。

「でも、美顔施術はけっこう大変なのよ。人の顔をいじくるのだから、失敗は許されないし」

「どこで、そんな技術を習ったの？」

「長崎《ながさき》で。西洋医術の発展は、凄いものがあるわ。オーぺでもって内臓を切り取ったり、大怪我だって簡単に治し、顔まで変えちゃうのだから」

「オーぺって、なんのこと？」

「施術のことよ、手術ともいうわ。今朝も、顔の黒子を取ってくれって患者さんがきて、今まで施術をしてたの」

「えっ、顔の黒子って……」

「どうかしたのマーマ、驚いた顔をして」

「その黒子って、どのへんについてたの？」

「どのへんて、このへんよ」

お甲は、鼻の横を指差して言った。なぜにそんなことを訊くのかと、首が傾いでいる。

「あそこに、お波ちゃんが座ってるでしょ。そこで、黒子のオーペのことを話してあげて」

「なんでなの？　患者さんのことは、あまり話してはいけないことになってるのよ」

「とにかく行けば分かるわよ。鼻の黒子のことで、とても大事な話をしてるから」

「鼻の黒子のことで？　もう疲れてるんだから、気晴らしでここに来たのに……仕事の話はしたくないわ」

お甲は、頑として動こうとしない。すると、お糸のにこやかだった顔が、目を吊り上げ、にわかに凄みを帯びた。

「なんでもいいから、早く行けよ！」

お甲の応対に苛立《いらだ》つお糸の言葉も太くなり、豹変した。

「おお、怖い」

仕方なさそうな振りをして、お甲がカウンタを離れた。簪をびらびらさせて近づくと、四人がけのテブルの周りは五人となった。

「マーマが、お波ちゃんに話せって」

余所《よそ》のテブルのチェアを引き寄せ、座ると同時にお甲が言った。

「何を話せって……？」

波五郎が問い返す。

菊之助と兆次は、もちろん初めて見る顔である。すると、お甲の目が兆次に向いている。

「この人は……？　ははぁん、マーマがこの席に行けと言ったのはこのことね」

お甲がうなずくと、簪の飾りがびらびらと揺れた。

「何を一人で、ブツブツ言ってるんだ？」

問いは、室田であった。

「それがね……患者さんのことは言いたくないのだけど、今朝……」

言いたくないと言っておきながら、お甲は黒子の除去施術のことを子細《しさい》に語った。

「なんだと！」

菊之助と波五郎から、野太い声音が同時に発せられた。

「この人は……？」

お甲の顔が、菊之助に向いた。

「菊之助ってんで、よろしく」

菊之助が自分の名を語った。

「お甲ちゃん、実はな……」

事情が、波五郎の口から語られた。すると、お甲の語りも男に変わる。

「そんなことがあったのか、知らなかった。私は、今川橋《いまがわばし》の近くで顔の整形をしている医者で甲安《こうあん》という」

甲安が、男に戻った。齢は、四十歳前後である。頭を飾る高価な簪の数にものをいわせ、十七歳の娘を主張している。飾りでもって重そうな頭を下げて素性を語った。

そういえば、じょそっ娘の中に、医者もいるとお弓が言っていたのを菊之助は思い出した。

「殺しの事件が絡むとすれば話が別だ。そこまでの事情を聞けば、語らんわけにはいかんな。それで、何が知りたい？」

「甲安先生、その鼻の黒子の男ってのは、どこに住んでるんで？」

菊之助が、身を乗り出して訊いた。日が暮れても、これから乗り込もうという気持ちになっている。

「いや、それが分からんでな。私のところに来る患者は、素性を語ろうとせんのが多いのよ。事情《わけ》ありの者ばかりなのでな。だが、どういうわけかみな金を持っている」

「ということは、中には盗人、野盗もいると？」

「ああ、もちろんいるだろうな。今、話に聞いたお島さんと親分殺しも、関わりがあるかもしれん。だが、黒子だけでは確たる証にはならんだろ。現にここにいる、兆次さんとやらもまったく同じところに黒子がある」

「……確たる証か」

それを明かすのが一番の問題だと、菊之助は考え込んだ。

「私も、人殺しの逃亡を助けたとあっては寝覚めが悪い。だったら明日の朝、私のところに来ないか。四ツに、その男が来る」

「なぜに来るんで？」

波五郎の問いであった。

「施術後の、経過を診《み》るためだ。施術痕を消毒せんといかんのでな」

これは、渡りに舟だと菊之助と波五郎が大きくうなずきを見せた。

「しかし、それが下手人とは限らねえだろ。どうやって、確たる証をつかむんだ？」

「だったら、おれに考えがある。兆次さんにも手伝ってもらいてえ」

「どんな、考えでやす？」

波五郎と兆次の問いに、菊之助は手はずを語った。

翌日、昼四ツ前に菊之助と波五郎、そして兆次が甲安の医療所に集まった。

菊之助は、お島が殺されたときに着ていた同じ柄《がら》の小袖を着込み、髪も島田に結って身形《みなり》をそっくりとさせて女形となった。

波五郎は、親分が殺されたときに着ていた、同じ半纏《はんてん》を着込んでいる。兆次は、普段の職人の姿に戻っている。

「この形《なり》を、相手は憶えているかな？」

波五郎が、懸念を口にした。

「相手が何も変化を見せなければ、肩透かしってことで。もし、二人を殺《あや》めた下手人ならば、たとえ三年前でも殺した相手の姿は、目に焼きついているでしょうよ。おれなんぞ、子供のときに襲ってきた鴉の目は、絶対に忘れちゃいませんぜ」

菊五郎が考えた策は、お島と親分になりきって相手の前に現れることであった。そこで、どう相手に反応が出るか。だが、それだけでは足りない。そこには、仕掛けを要する。

四ツ前に、菊之助と波五郎は医療所の待合所の長床机《ながしょうぎ》に座って待った。四ツを報せる捨て鐘が早打ちで鳴ったところに、顔に包帯を巻いた男が入ってきた。

「作蔵《さくぞう》さん、先生は今ほかの方を診ているの。もう少し、待っててね」

甲安の妻であろうか、三十代半ばの女が男に声をかけた。

「きのう黒子を取ったあとの、痛みはどう?」

「ああ、大丈夫だ」

この受け応えに、まずは鼻に黒子の男と知れる。そして、二列に並んだ長床机の対面に、作蔵と呼ばれた男が座った。だが、菊之助と波五郎の格好を見て、驚いているのかどうか、包帯に隠され表情がまったくうかがえない。

これは誤算であったと思いきや、そうでもない。座ると同時に、作蔵の足が貧乏ゆすりをはじめた。その落ち着かない様子に、菊之助は小さくうなずく。だが、それだけでは証にはまったくならない。診察前の患者というのは、不安で落ち着かないものだ。

「それじゃ、お大事に……」

診察部屋から、甲安の声が聞こえてきた。そして出てきたのは、兆次であった。

ここからが、仕掛けどころである。

——作蔵に、必ず変化があるはずだ。

それを信じて菊之助たちは、仕掛けに入る。

外に出るには、待合所を通らなくてはならない。兆次が菊之助の前を通ろうとしたときだった。

「ちょっと、待ちな」

菊之助が、兆次を止めた。

「あんた、三年前に人を殺さなかったかい？」

不意を打つように、菊之助が兆次に声をかけた。

「いきなり、なんてことを訊くんで？」

菊之助と兆次の、一芝居である。

「ここであったが百年目だね。あたしの姉さんを殺したのは、おまえだ。何よりも、鼻の横っちょにある黒子が証拠」

菊之助の台詞《せりふ》と同時に、ガタガタと音が高鳴って聞こえる。作蔵の、貧乏ゆすりが激しさを増した。菊之助はそれを気にする風もなく、さらに兆次を問い詰める。

「知らないだなんて、白《しら》を切らせないよ。顔を変えてくれる医療所に来れば、必ず巡り会えると思っていたさ。黒子を切り取ってくれってな。さあ、てめえも男だったら、

た。

「潔《いさぎよ》く白状しろい！」

菊之助の啖呵が、医療所に響き渡る。ついでに袖を捲り上げ、緋牡丹の刺青を晒した。

作蔵の全身に、震えが帯びている。包帯からのぞいている目は見開き、仰天している様相だ。

ここからが、波五郎の出番である。

作蔵を下手人と確信して、駄目を押す。

「おい、てめえ。この半纏の柄に見覚えはねえかい？」

話しかけるのは、兆次に向けてである。だが、神経の先は作蔵に向けている。

「半年前《めえ》に、暗がりで殺された親分が着ていたものだぜ。ああ、今際《いまわ》の際に鼻の横っちょに黒子って、親分も言ってたからな。親分を殺《や》ったのは、てめえに間違いねえ。覚悟しやがれ！」

波五郎が、兆次に向けて恫喝《どうかつ》する。

「それは、あっしじゃねえよ。だったら、そこに座ってるお人がそうなんじゃねえですかい？　きのう、黒子を取り除いたって聞きやしたぜ」

兆次が、作蔵を指差して言った。

「なんだと！」

驚く菊之助と波五郎の声がそろった。そして、顔を正面に座る作蔵に向けた。包帯に、汗が染み出て色が変わっている。作蔵の怯えが、何よりの証である。そこに甲安が来て、作蔵の前に立った。

白衣を着込み、その上に十徳《じっとく》を羽織っている。昨日とは、うって変わった甲安の形《なり》である。むろん、頭には簪一つ挿さってはいない。総髪に、くわいの芽のような、小さな髷が垂れている。

「ここで包帯を取ってあげよう。おや、ずいぶんと汗を掻いているな」

言いながら甲安が、ゆっくりと包帯を解いた。晒した作蔵の顔面は、何に怯えるか真っ青である。

「三年前、浅草三間町の小料理屋に押し込み、女将を殺したのはてめえだな？」

「…………」

惚けるか、作蔵は黙秘する。だが、顔から吹き出る汗は尋常ではない。菊之助は、確信している。

「盗人たけだけしいとは、てめえみてえな野郎のことをいうんだぜ。この緋牡丹に向けて、白状しやがれ！」

菊之助が、再び袖をたくし上げて二の腕を晒した。そこには、お島が好んだ牡丹が一輪、真っ赤な花を咲かせている。

それでも、作蔵は白《しら》を切る。

「おれは、お島なんて女、殺っちゃいねえよ」

作蔵が、首を振りながら言った。待ってましたとばかり、菊之助が小さくうなずく。

「その一言で、充分だぜ。おれは、今まで一言もお島って名を口にしてなかったからな」

これで終わったと、菊之助は落ち着いた口調で言った。作蔵は観念したか、座っていた床机から、倒れるように崩れ落ちた。だが、まだ親分殺しまでは白状していない。

「波五郎さん。あとは、そちらに任せましたぜ」

あとは、やくざの折檻《せっかん》が作蔵を待ち受ける。煮て食おうが焼いて食おうが、菊之助はそれでよしとした。

「親分を殺ったのも、こいつに間違いねえ。親分のこの派手な半纏を見て、いやに怯えていたからな」

外には、一家の子分たちが待ち構えている。波五郎の合図で、子分たちが雪崩《なだれ》を打って入ってきた。そして、作蔵を連れていく。

「あとは任せてくださいな。それじゃ、お先に……」

波五郎がじょそっ娘言葉で言った。そのあとすぐに、菊五郎と兆次が医療所をあとにする。

「兆次さん。早いところ、けったい長屋に行っておかみさんとお子を神田に呼び戻しましょうや」

「ええ……菊之助さん、あんたは本当にすげえ男だ」

「こんな、形でもですかい？」

「だから、余計に凄みが増すんですぜ」

菊五郎と兆次のやり取りは、ここまでであった。浅草諏訪町のけったい長屋まで速足となったからだ。

# 第三話　けったいな和歌

## 一

この日の菊之助は、朝から完璧に女に化けている。

びらびらが垂れた銀簪《ぎんかんざし》と牡丹《ぼたん》のような花簪を、結った娘島田に挿し、十八娘のつもりとなって、大家高太郎に伴って田原町《たわらまち》へとやってきた。

大工の棟梁を相手に、滞《とどこお》った材木代金の売掛け回収に付き添ってのことである。ただそれだけのことで娘に化けるとは解《げ》せないが、取立てのために一策練ってのことであった。ここは、強面《こわもて》を前面に出した荒くれの取立てよりも、むしろ泣き落としで攻めたほうが得策と考え、そのための一芝居である。菊之助の報酬は一割ということで、話がついている。

「きょうこそは棟梁、全額払っていただきまっせ」

十八両と二分二朱に溜まった売掛金の取立てで、高太郎が大工の棟梁に迫る。これまで、いくら督促してもまったく支払う意思のない棟梁に、さすがの高太郎も業《ごう》を煮やしていた。

「もう少し、待ってくれんかな」

「もう少しもう少しってあんた、もう一年も経ちまんがな。いい加減払っていただかないと、困りますがな。ここにいるわての妹がな、嫁入りするんに結納金《ゆいのうきん》がありまへんのや、ほんまに」

江戸生まれの高太郎が上方《かみがた》弁を使うのは、先祖代々の家訓である。うしろに菊之助が控えているので、口調も強気である。だが、高太郎の恫喝《どうかつ》では、相手に響かない。同じ上方弁でも、河内《かわち》弁の迫力とは雲泥の差がある。

「何を分からねえ言葉で、ごちゃごちゃ言ってやがる。困ってるのは、こっちのほうだ。今はねえからもう少し待ってくれと、このとおり頭を下げて頼んでんじゃねえか」

高太郎の柔《やわ》い上方弁と、うしろに控えた菊之助の姿を侮《あなど》るか、棟梁が開き直った。

「なあ、お菊。このおっさん、どうしても払ってくれへん。どないしたらいいやろな？」

高太郎が振り向き、菊之助に話しかけた。

「お兄さま、そのお金がないとあたしお嫁にいけないのよね」

振袖から手布《しゅきん》を取り出し、涙を拭う振りをして泣き落としにかかる。

「すまんのう、お菊。わてがあほやった。こんな殺生な人に、材木なんて売るんやなかった」

「お兄さま、もう一度お頼みしてちょうだい」

まだ出番ではないと、菊之助が声を高めにして返した。

「なあ棟梁、わてはこの十八になる妹が不憫でならないんや」

「十八だって？」

棟梁の首が、大きく傾《かし》いだ。そんなことに頓着なく、高太郎が語りかける。

「親と早う死に別れてな、小さいときからわてが手塩にかけて育ててきたんや。こんな美しうなってくれはってな、おかげでいい男《ひと》ができたんや。そやさかい、妹には恥ずかしい思いはさせとうないんや」

するると、気の毒と思ったか棟梁の目が細くなっている。だが、それが違うと分かるのは、棟梁の次の言葉であった。

「おや、頓堀屋の先代が亡くなったのは二年前じゃなかったか？」

棟梁の返しに、高太郎の言葉が一瞬詰まるも、

「わてが言うのは、母親のことですねん」

高太郎は、咄嗟の思いつきで言った。

「だが、わてが手塩にかけてと言ったぞ。って言うことは、両親が……ははん、泣き落としできやがったな。そんな手に、乗るかってんだ」

と、棟梁も手強い。

「それに十八の妹って言うが、よく見るとおめえより年上に見えるぞ」

余裕ができたか、棟梁が額《ひたい》に皺《しわ》を増やして笑った。

妹の設定ではやはり無理があったかと、菊之助は策にしくじりを感じた。となれば、出方を変える以外にない。

「まあ、とにかく金はねえから、きょうのところはとっとと帰《けえ》んな。こっちは、これから現場に行かなきゃいけねえんで、相手にしている暇はねえんだ」

言って棟梁が立ち上がり、引き下がろうと背中を向けた。

「人を見くびるんじゃねえぞ」

野太い声が、棟梁の背中に投げつけられた。

「ん？」

棟梁は振り向き、左右を見回す。声の主を、探しているかのようだ。いつの間にか、菊之助と高太郎の立ち位置が入れ替わっている。

「今言ったのは、おれだ」

菊之助が土間から、一段高い板間に立つ棟梁を見上げている。

「頭が重くて首がかったるいんでな、そこに座ってくれ」

挿した飾りだけでも、けっこうな重さがある。菊之助は、首を二、三度回してコリをほぐした。

「なんだと？　妙な成り行きになってきたな」

棟梁は、首を捻って立ったままである。

「いいから、座りやがれってんで！」

菊之助の怒声が家中に響き渡った。棟梁は、菊之助の迫力に負けたか、板間に胡坐《あぐら》をかいた。そこに、奥からお内儀《かみ》らしき女が出てきた。

「何を大声を出してんのさ、おまえさん？」

土間にいるのは、実直そうな商人と振袖を着た娘である。

「この人たちが、何かしたってのかい？」

お内儀は、菊之助の声を亭主のものと取っていた。

「今の声は、俺じゃねえ。いいから、おめえは奥に引っ込んでろ」

菊之助は、お内儀が出てきて都合がいいと思っている。

「引っ込まねえでいいぜ、おかみさん」

どこから声がしているのかと、お内儀はあたりをきょろきょろと見回している。

「おかみさん、目の前を見ない」

菊之助の真っ赤に塗られた口が動いているの見て、お内儀が目を丸くして驚いている。

「あんたの亭主はな、材木代の十八両と……いくらだったたっけ？」

「二分二朱でんがな」

「材木代の十八両と二分二朱をな、二年も払わねえで惚《とぼ》けてやがる」

「一年だっせ」

高太郎が、菊之助の背中をつっついた。

「何年だって、かまわねえ」

それにかまわず、菊之助はさらに怒声を放つ。

「そいつを取立てに来たらな、おととい来やがれってぬかしやがる。おい、あんたの亭主はな、このおれを小娘と侮って惚けてやがんだぞ」

やたらそのへんの無頼よりも、娘の格好をして居直るほうが、そのかけ隔てで遥かに効き目がある。菊之助の啖呵《たんか》に、棟梁夫婦が怯《おび》え震えている。

「本当なんかい、おまえさん？」

お内儀が、恐る恐る訊いた。その答いかんによって、自身も身の危うさを感じているようだ。

「ああ、だから待ってくれと頼んでいる」

棟梁が、お内儀に答えた。

「だから、いつまで……」

菊之助のうしろから、高太郎が口を出す。

「いいから、おれに任せておけっての」

菊之助が、高太郎を制した。

「冗談じゃねえぞ。餓鬼の使いじゃあるめえし、はい分かりましたで帰《けえ》れるとでも思ってるんかい。どっこい、こちとらそうはいかねえんで」

菊之助が上がり框《かまち》に腰をかけ、振袖の裾をめくって足を組んだ。緋縮緬《ひぢりめん》の襦袢《じゅばん》もめくれ、毛脛《けずね》があらわとなった。

「払ってやりよ、おまえさん」

お内儀の声音が柔らかくなった。顔もにんまりと、微笑《ほほえ》んでいる。

「まるで、弁天小僧菊之助の浜松屋の場を観ているようだね。羽左衛門にそっくりだよ、いい気風《きっぷ》だねえ」

このお内儀もかなりの芝居好きか、舞台から抜け出てきたような菊之助にうっとりとなった。

「こんなにまでして取立てに来たってのに邪険にするなんて、おまえさんも非道なお人だねえ」

棟梁以上に話が分かるお内儀であった。

「昔はこんなじゃなかったのに、いつの間に業突く張り……」

「分かったよ。それ以上言うんじゃねえ……ちょっと待ってくれ」

と言って、棟梁が奥へと入っていった。

こういう場合は、女を動かしたほうが話が早いと、菊之助は踏んでいた。

「まったく、うちの亭主ったら業者を困らせるのが大好きでね。別に、金がないっていうわけじゃないんだよ」

「こんないい若旦那を泣かせるなんて、あまりいい道楽じゃありませんね」

そんなやり取りをしているところに、棟梁が戻ってきた。

「二十両ある。余りは、支払いが遅くなった利息だ。釣りはいらねえから、とっといてくれ」

棟梁が差し出した金を、高太郎が受け取る。

「おおきに。それじゃ、受取りを書きますんで」

金額だけが空欄になっている受取証に、高太郎は矢立《やたて》を取り出して記入した。

「これからは、まともに支払いをさせるから、どんどん材木を納めてちょうだい」

内儀からの、一言があった。

「おおきに。これからもどうぞご贔屓《ひいき》に頼みます」

高太郎が、大仰に頭を下げた。これで、菊之助の役目は済んだ。

「ほな、さいなら」

菊之助が上方弁で言って、外へと出た。

「一両以上も、利息をいただきましたな。でしたら、礼金は一両二分ってことで」

「そいつは、ありがてえな」

礼金として、菊之助は一両小判と二分金を振袖の袂《たもと》に収めた。

「まったくだよ」

「それで、あと一両二分は？」

取立ての、助っ人代は別勘定である。当初から、代金は一割と見積もっている。

「今、渡したでおますがな」

「あれは、礼金だと言ったぞ。助っ人代は、別だ。なんせ、振袖が汚れたもんでね、洗い張りに出すのもけっこう金がかかるんだ」

「抜け目ありまへんなあ、まったく。菊之助はんにあっちゃ、敵《かな》いまへんで」

渋々高太郎が、報酬としての一両二分を財布から抜き出して渡す。

「まいど、おおきに」

それも袂に入れて、菊之助が礼を言った。

二

朝五ツを報せる鐘の音を聞いて、菊之助と高太郎は空腹を覚えた。

田原町からの帰りは、浅草広小路を通る。そこは浅草寺の門前で、江戸屈指の繁華街である。雷門の周囲は食事処が軒を並べ、朝から店を開けている。

歩いていると、一際《ひときわ》いい匂いが漂ってきた。

「朝から、まむしと行きますか？」

高太郎が、匂いに誘われた。

「おれは蛇が大嫌いでな、まむしなんか食わないぞ」

「何を言うてます。上方じゃ、鰻《うなぎ》のことをまむしっていうんですがな」

「へえ、そうだったのかい。だったら、朝からまむしと洒落《しゃれ》込むか」

「あんさん、その形《なり》をして、言葉はどないかなりまへんか？」

艶《あで》やかな振袖姿と、伝法な口調はどうにも馴染めないと、高太郎が苦情を訴えた。

「それは、ごめんなさい」

娘の口調で、菊之助が詫びを言う。

「どうも、気色悪いでんな」

「どっちがいいんで？」

ころころと、菊之助の口調が変わる。

「まあ、好きなようにしてくだはれ」

言ったところで、鰻屋の前に立った。

「大家さんの奢《おご》りで、丸々一匹食いたいもんだな」

「わてが払うんでっか？」

「そりゃそうでしょ。夜が明ける前から早起きして、大家さんのためにめかし込んだんですぜ。そのくらい……」

「分かりましたさかい、はよう中に入りましょ」

菊之助の言葉を制して、高太郎は背中を押した。

暖簾《のれん》を潜《くぐ》り、店の敷居を跨《また》ごうとしたときだった。

「助けてください」

背中から、娘の声が聞こえてきた。振り向くと、菊之助と同じように大振袖を着飾った娘であった。齢《とし》のころは十七、八といったところか。誰かに追われているように、うしろを気にしている。

「どうかしたのかい？」

菊之助の男言葉に、娘は驚いた様子だが、それ以上に怯えを帯びた表情である。

「変な侍たちに追われているのです、助けて……」

「変な侍？」

菊之助が、それとなく暖簾の隙間から外をのぞくと五、六人の侍が誰かを探すように、周囲を見回している。羽織袴《はかま》の、どこかの家臣と思《おぼ》しき姿である。その中に一人だけ、肩衣《かたぎぬ》と袴の正装をした武士が交じっている。とくに変な侍たちというわけではない。

「あの侍たちか？」

「ええ……」

娘の一言が返った。

「とにかく中に入ろう」

この鰻屋は創業百年の老舗《しにせ》で、浅草でも一、二を競う大店《おおだな》であった。総二階の建屋は広く、二階には宴会ができる大部屋と、六畳で区切られた小部屋がいくつもある。まだ、朝のうちで小部屋は空いている。そこで事情を聞こうと、菊之助は店の中に足を踏み入れた。

菊之助とすれば、このときは娘のために役立ったと、胸を張る心持ちであった。しかし、事情がまったく分からぬままに、菊之助は侍と娘の中に割って入ったのであった。

「しばらくは、外に出ないほうがいい。このお兄さんが、まむしをごちそうしてくれるから。腹が減ってるんだろ？」

「はい……」

娘が小さく頭を下げた。

「三人分もでっか？」

高太郎が、露骨にいやな顔をした。

二階の六畳間に案内され、鰻の特上を注文して娘の話を聞くことにした。

「助けていただき、ありがとうございました」

娘が、畳に手をつき礼を言った。

「礼はいいから、頭を上げてくれ」

煌《きら》びやかな簪と、高価そうな櫛《くし》で飾られた髪は高貴な武家の娘と見える。素性も事情も分からぬまま、菊之助は娘を匿《かくま》った。

「何があったか知らないが、よほどの事情《わけ》があるんだろ？」

「はい。逃げるのに、わらわも必死でありました」

初めて娘が口を利いた。相当に、高貴な娘のようである。

「お姫はんかいな？」

聞き慣れない娘の言葉に、菊之助と高太郎の首も傾ぐ。

「そんなことよりも、あの侍たちはなんであんたのことを追ってたんだ？」

どうせ一期一会《いちごいちえ》の、この場限りである。鰻屋を出たら、右と左に分かれるだけの間柄である。だが、鰻が焼き上がってくるまでは四半刻以上を要す。その間のつなぎというつもりで、菊之助が問うた。

「話さなければ、いけないかえ？」

「言いたくなかったら、別に言わなくてもかまわんさ。だけど、どっかの家から逃げてきたんだろ」

「見つかったら殺されるかも……」

娘はうつむきながら、小声で言った。その言葉に菊之助と高太郎が、顔を見合わせて驚く表情となった。

「殺されるなんて、穏やかじゃないな。このあと、行くあてでもあるんかい？」

「いいえ……」

首が横に振られ、銀簪のびらびらが小さく揺れている。

「……ねえのか」

殺されると聞いては、このまま放り出すわけにはいかない。一言口にし、菊之助は考える風となった。

これは、面倒くさいのを助けてしまったかと、気持ちの中で悔やみを感じた。だが、そう思えば思うほど放っておけないのが、菊之助の性分である。

「あのう……」

　簪の揺れが止まり、娘の顔が菊之助に向いた。

「わらわを、どこかに連れてってくださらんかの？」

　娘というより、姫様言葉である。そんな口調を、菊之助は幼いときに聞いたことがある。本多家本家の姫君が、そんな言葉を使っていたと。

「もしやあんた、どこかの大名家か旗本のお姫様か？」

「いや、姫ではない……」

「なら、なんですの？」

　高太郎の問いであった。

「知らん」

　そっぽを向きながら、娘が素っ気なく返した。

「知らんて、あんたな……」

「まあまあ大家さん、そんなに怒っちゃ駄目だ」

　助けてやったのに他人事《ひとごと》のような娘の態度に高太郎は怒りを感じ、菊之助がそれを宥《なだ》めた。

「せめて、名ぐらい教えてくれてもいいだろ。話がしづらくていけねえ」

「そうであるのう。わらわの名は亀《かめ》と申すぞ。あの、甲羅のついた亀と同じじゃ。そなたたちの名は？」

「おれが菊之助で……」

「わては高太郎といいます」

高太郎の上方言葉に、亀は袂《たもと》を口にあてクスクスと笑う。

「変な言葉じゃのう」

「余計なお世話でっせ」

ぷんと脇を向いた高太郎に、菊之助が話しかける。

「どうだい、大家さん。お亀ちゃんをいっとき長屋に連れてっては。おれんちの隣が空いてるだろ。兆次の一家も神田に引き上げたあとだし……」

「それはよろしいですけど、またけったいな住人が増えまんなあ。一悶着あるのはごめんだっせ」

ふーっと大きく、高太郎がため息をついた。得体が知れぬお亀に、高太郎の嘆きが感じ取れる。

「だから、連れていくのよ。まだ十七、八の娘さん一人を、このまま放っておくことはできんだろうよ」

「わらわは、十八じゃ」

「侍に見つかったら、この娘さん殺されちまうんだぜ」

「また、けったいな人のよさが出はりましたなあ」

菊之助が決めることに、高太郎は反論できない。なんだかんだと、どうせ押し切られるのが分かっているからだ。

やがて鰻が焼き上がってきて、これを食べたら外に出ようということになった。

三

これまで、お亀という名が知れただけで、事情がまったくつかめずに鰻屋を出ることになった。だが、このまま外に出ては、侍たちに見つかり面倒くさいことになる。そう判断した菊之助は、もう少し鰻屋に留まることにした。

しかし、これではいつまで経っても外に出ることができない。さらに四半刻が経ち、店からの苦情がかかった。

「もうそろそろ、お昼のお客さんで混み合いますので……」

食し終わってもいつまでも立ち上がらない客に、部屋からの退去を求めてきた。

「そりゃ、すんまんのう。すぐに帰るさかい、かんにんしてや」

高太郎が、詫びを言った。

「いや、仲居さん。もう少し、ここにいさせてくれねえか？」

菊之助が、男言葉で仲居に頼んだ。菊之助の、形《なり》と言葉の違いに、仲居が目を白黒させている。だが、それを詰《なじ》ることはない。「……弁天小僧にそっくり」と、むしろ目が潤《うる》んでいる。

「もう少しって……これから、お店が混んできますので」

それでも仲居の立場として、辛辣《しんらつ》に言わなくてはならない。

「分かった。だったら、鰻の蒲焼をお土産《みやげ》で三人前頼むわ。それだったら、いいだろう？」

「でしたら、喜んで」

「大家さん、その分も払っといて」

「なんで、わてが払わなあかんので？」

「つべこべ言うんじゃない。誰のおかげで、十八両もの金を取立てできたんで」

いつも以上に、野太い声音となった。

「しょうがおまへんなあ。それで、三人分の蒲焼って、なんぼするんや？」

「一人前八十文ですから、二百四十文いただきます」

「えろう、高いもんやな。とんだ、散財でっせ」

「そんな、けつの穴の小さいことを言ってるんじゃねえ」

菊之助が、高太郎の言葉をたしなめた。

「けつの穴が小さいって、どういうことじゃ？」

それが、お亀の耳に届いた。

「そんなこと、お嬢が知らなくてもいい」

菊之助は、惚けることにした。

これで、あと半刻ほどは鰻屋にいられる。

菊之助には、考えがあった。お亀の振袖では目立ちすぎる。

「大家さん、ここでお亀ちゃんと待っててくれ」

「菊之助はんは、どないしなはるんで？」

「お亀ちゃんの、着替えを取ってくる。ついでに、おれも着替えてくるわ。この姿で、お亀ちゃんを長屋に連れていくわけにはいかんだろ」

「それもそうで、おますなあ。あんさんよりも、目立ちますさかい」

「おれが着ない黄八丈《きはちじょう》がある。それだったら、町屋の娘に見えるぞ」

「それは、よいお考えでんな」

諏訪町の長屋に戻り、箪笥《たんす》から黄八丈を引っ張り出し、自分も着替えて戻るには半刻近くはかかりそうだ。

「なるべく早く戻るから、お亀ちゃんを頼んだぜ」

「へえ、任しといてや」

高太郎と亀姫を置いて、菊之助は鰻屋の外へと出た。

外に出ると、浅草広小路の喧騒はさらに増している。

この日は浅草寺の縁日なのか、ことさら人の出が多い。

「おっ、出てきたぞ」

もの陰から、菊之助たちを見張っている者が三人いた。いずれも素行の悪そうな男たちである。二人は町のならず者といった風で、目つきからして粗暴さを感じる。もう一人は薄汚れた小袖に、地の色が分からぬほど変色した袴をはいている。ぼさぼさの浪人髷に、腰に一本大刀を差しているのはさしずめ、食い詰め浪人といったところである。

「出てきたのは、女一人だな。娘はまだ中にいるのか？」

浪人が口にする。

「もう半刻以上はゆうに経ちやすが、まだ出てきてはいませんぜ」

ならず者が、それに答える。

「一緒に鰻屋に入っていったのに、間違いはないんだな？」

「ええ。都合よく、侍たちから娘を守ってくれたようで」

「娘の懐には、侍から盗み取った五十両……なんで五十両あるってのを知ってる？」

「財布を盗られた侍が言ってやしたから。財布には、五十両入ってたって」

無頼たちは、犯行の一部始終を見ていたのだ。お亀という娘は、姫様どころではない。姫様の格好を隠れ蓑《みの》として、単独で他人の懐《ふところ》を狙う、女巾着切り《きんちゃくつき》であった。

「だが、侍たちは娘が盗ったのを知って追いかけたのだろう？」

「いや。巾着切りってのは、そこまでばれるようなへまはしませんぜ。とにかく、はぐらかすのが得意ですから」

お亀の本性を知る男たちであった。

「ってことは、女と町人も仲間ってことか？」

「いや、少なくとも娘の仲間でないことはたしかで」

「あの娘はお亀って名で、名うての巾着切りですぜ。得意な技は、行きずりの人たちに身を守らせるところですわ」

「おまえたちは、よくお亀のことを知ってるな」

「そりゃ、蛇《じゃ》の道は蛇《へび》ってもんですぜ」

「それが、あっしらのシノギですから」

「お亀って娘、何も喋っちゃいないだろうな？　それが、心配だが」

菊之助たちに素性をばらしたら、五十両の横取りはふいになる。それを案じたような、浪人の言葉であった。

「それはまったくといってありやせんぜ。掏《す》りって奴らはけっこう口が固いですから。口の軽いやつは、この渡世では生きていけません」

「お亀は、なんにでも化けられますぜ。それは、したたかな娘でさあ」

二人のならず者が、浪人の問いに答えた。巾着切りの悪事を見つけては弱みを握り、その稼ぎを脅し取ろうという便所の銀蠅《ぎんばえ》にも似た悪党たちであった。

「その五十両を、お亀って娘から奪い取ろうってんだから、おまえらも相当に悪党だな」

「旦那は、その上前を撥《は》ねようとしてるんですぜ」

よからぬ計画が、三人の間で練られていた。

「ですが、お亀と一緒に入った町人らしき男もまだ出てきてはいませんぜ」

「どうやら、二人を鰻屋に残して、女だけが出てきたようで……」

無頼が交互に言う。

「おそらく、勘定が足りなくなって取りにでも行ったんだろ。周りに侍たちの姿も見えぬことだし、そろそろお亀の稼ぎをいただきに行くか」

お亀が盗んだ五十両を、横取りしに行く算段であった。

「そうしやすか」

男二人の返事があって、三人が動いた。

鰻屋の敷居を跨いで、近くにいる仲居に浪人が声をかけた。

「ここに着飾った娘が来てないか？　町人らしき男と一緒だと思うが」

「でしたら、お二階の小部屋にいますけど」

「……小部屋とは、都合がいいな」

浪人の呟きは、仲居には聞こえていない。

「迎えに行ってくれとその娘の親に頼まれての、それで迎えに来た」

「でしたら、今呼んでまいります」

「いやいい。拙者が直《じか》に呼んでくる。おまえたちは、ここで待っててくれ」

万が一、お亀を追っていた侍たちが来るのではとの警戒であった。

「へい、かしこまりやした」

浪人が一人、仲居に案内され二階へと上がっていく。

六畳の小部屋で高太郎とお亀が、菊之助の戻りを首を長くして待っている。お亀にとっては、菊之助と高太郎は行きずりの男たちである。それを逃げおおせるまで、隠れ蓑にしようとしている。

小部屋の外で、男の声が聞こえる。

「ちょっと、いいかな?」

「どなたはんで?」

高太郎が、襖越しに声を返す。すると襖が開き、薄汚い浪人が入ってきた。

「どなたはん……」

同じ問いを発したところで、浪人がいきなり刀を抜くと、鋒《きつさき》をお亀に向けた。刀で脅しての、強硬手段を浪人が取った。

「何をしやはるんで?」

「声を立てるのではない。おとなしくしておれば、何も危害は加えん。この娘を迎えに来ただけだ」

　刀を抜いて迎えに来たとは尋常ではない。

「渡せまへんな」

　高太郎にできる、精一杯の抗《あらが》いであった。だが、声は震えている。刀の先がお亀の胸元にあっては、手出しどころか言葉も返せない。

「あたしに、なんの用だい？」

　姫様言葉が、にわかに伝法《でんぽう》なものとなった。

「いいから、一緒に来ればいい。さもないと……」

　浪人は、刀の鋒を高太郎に向けた。

「この場で、この男を斬り殺す」

　小部屋にいたのが間違いであったと、高太郎は後悔するも遅い。菊之助が戻ってくるまで、まだ大分ある。それまで、間《ま》を保つことができるか。

「だったらどうぞ、この場で殺してくれはりまっか」

　菊之助がいなければ、自分がお亀を守らなくてはならないと、高太郎が開き直った。

「早く斬り殺しまへんと、仲居さんが鰻を持ってきまっせ」

　浪人のためらいに、人を斬れないと高太郎は高《たか》を括《くく》った。すると、声に震えがなくなる。

「なして、この娘さんを連れていかな、あかんねん？」

「おぬしには、関わりのないことだ」

「関わりないこと、あらへん。わては死んだとて、お亀ちゃんを守らんとあかんのや。わての命なんて、なんぼのもんじゃい。欲しけりゃ、いくつでもくれてやりまっせ」

高太郎の啖呵《たんか》に、お亀の輝く眼差しが向いている。それに気づくことなく、高太郎は浪人と対峙《たいじ》する。菊之助が戻るまで、なんとしても死守しなければならないと、その一心であった。

――あと、四半刻。まだ、そんなにあるんかいな。

菊之助が出ていってから、かれこれ四半刻が経つ。早く戻ってくれへんかなあと、高太郎の心の中は焦燥と不安で一杯だ。

「……それにしても」

高太郎の呟きは、ふと思い浮かんだ疑問によるものである。なぜにお亀を連れ出そうとするのか。

「……そうか。あの侍たちの差し回しか。ここにいるのに、気づいたんやな」

高太郎の直感だが、疑問もある。

――だったら、なぜに侍たちが直《じか》に来んのや？

こんな薄汚い浪人風情《ふぜい》を雇ったのかが解《げ》せない。それともう一つ、お家からの使いが姫様に刀を向けるのも不自然だ。

「あんたみたいなもんに、お姫様は渡しまへん」

「なんだと？　こいつのどこがお姫……いやいかん、人前でお亀の素性は口に出せんかった」

浪人が、ブツブツと呟いている。そこに、ドタドタと足音がして襖が開くと二人の男が入ってきた。

「何をぐずぐずしてるんで、旦那」

階下で待っていた男たちは入ってくるなり、浪人に怒号を向けた。

「なんでおまえらは上がってきた？　下で見張ってろと言っただろ」

「あんまり遅えので、店のもんから怪しまれ……旦那、こんなところで刀を抜いちゃいけませんぜ」

このやり取りを、高太郎は首を傾げて見ている。

「……何がどうなってるんや？」

すると、お亀のかわいい顔が歪んでいる。

「おまえらは、たかりの文太《ぶんた》にちょろまかしの権吉《ごんきち》……」

「なんやて。お亀ちゃんは、こいつらを知ってるんか？」

お亀に向けて、高太郎の驚く問いが向いた。

「……いえ」

困惑の表情が、高太郎に向いた。お亀の返事は短く、小さく首が振られている。

「仕方ねえな。旦那、お亀の正体をばらして、ここでいただく物はいただいちまいましょうぜ」

たかりの文太が、魂胆を曝《さら》け出した。

「いただく物って……どういうことや？」

眉間を顰《しか》めて、高太郎が訝《いぶか》しがる。

「ははん、あんたら追いはぎやな。わてらを襲うたかてな、なんぼのものにもならへん、ならへん」

高太郎が、手と首を同時に振りながら言う。このときはまだ、高太郎はお亀のことを、どこかの姫様と思い込んでいる。だが、言葉つきが急に変わったのを、疑問に感じてもいた。

「それにしても、けったいな人たちやで。こんな賑やかなところで、山賊みたいな真似をしてけつかる」

「けつかるって、なんのこと？」

高太郎の言葉を止めて、お亀が問うた。せっかく盗んだ獲物を横取りされまいと、お亀は高太郎を頼りにしている。

「けつかるってのはでんな……」

なるべく時を稼ぎたいと、高太郎とお亀のやり取りがはじまった。

「上方の言葉って、おもしろいのね」

緊迫の場だというのに、お亀は動じない。むしろ、追いはぎ三人を手玉に取っている。

「旦那、これじゃやっぱり脅し取るより仕方ねえな」

ちょろまかしの権吉が、痺《しび》れを切らしたように言った。

四

一度鞘に納めた刀を、浪人が抜いた。襖は閉まっていて、この様子は外には漏れていない。

「どうやら町人は、その娘の正体を知らんようだな。わしらが用があるのは、その娘の懐にある男物の財布だ。そこには、五十両……」

「なんやて？　お亀ちゃん……」

ようやくここで、高太郎はお亀が姫様でないのを知った。

「ばれちゃ、仕方がないわ。ごめんなさいね、高太郎さん。でも、あんたとてもいい人……」

「ぐずぐず言ってねえで、早く懐の物を出さねえか。ついでに町人も、持ってる物をみんな出せ」

「わてのもかいな……とんでもあらへん。いやに決まってますがな」

抗う高太郎に、浪人の段平《だんぴら》が天に向いた。

そこにいきなり襖が音を立てて開くと、野太い声がかかった。

「段平をしまいなね」

声の主は、菊之助であった。

「あんさん、よう来てくれはりましたなあ」

高太郎の、感無量といった声音であった。

「刀の鋒を見ると、頭がくらくらしてくる。ところで、あんたらこんなところで何をしてるんで?」

「この人たちな、お亀ちゃんを連れていこうとしてたんでっせ」

菊之助の問いに、高太郎が答えた。

「なんだって?」

「こいつらは、賑やかな場所に出てくる山賊でんがな。こんなところでわての金を脅し取ろうとしてるんでっせ。それと、お亀ちゃんの……」

「そうかい。お亀ちゃんは、てめえらみてえな虫けらなんぞに渡しはしねえ。おれがちゃんとお屋敷に届けるんでな、指一本、触れさせはしねえぞ」

「あんさん、そうじゃなくてでんな……」

「いいから、大家さんは引っ込んでな」

菊之助は振袖を着替え、普段の着姿になっている。

派手な半襟を胸元に見せ、菊柄模様の小袖を纏《まと》った傾奇《かぶき》装束である。頭は、娘島田を解いて、後ろ髪を紐《ひも》で結わえて無造作に馬の尻尾のように垂らしてある。それだけ急いで戻ってきたように見えた。

「さっき出ていった、女か?」

「そうみてえだな。さっきの女は、男だったか」

文太と権吉の話す声が聞こえた。

「おう、段平を納めろと言ってるじゃねえか。おれは刀の鋒を……いいから、早くしまってくれ」

刀の鋒を見ると、子供のころ鴉《からす》に襲われたその時の嘴《くちばし》を思い出す。菊之助の心の中に、その障害がいつまでも残っている。

「いや、この期《ご》におよんではそうはいかん」

浪人は、刀を鞘に納めることなく拒んだ。

「おう、そうかい。だったら、このおれを斬ってから行くんだな。人が大勢見てる前で、殺《や》れるもんなら殺ってみな、斬れるもんなら斬ってみな」

襖が、開けっ放しになっている。騒ぎが店中に知れ渡り、いつの間にか客や仲居たちが部屋の前に立って、固唾《かたず》を呑んでことの次第をうかがっている。

「よっ、音羽屋《おとわや》!」

大向こうから声がかかり、菊之助はますますその気になった。

「さあこの始末、どうつけるんで! てめえらの撒《ま》いた種だぜ、はっきりしやがれ」

菊之助の啖呵に、さすがに浪人も刀を引かざるを得ない。刀が鞘に納まったのを見て、菊之助は襖を閉めた。

「どういうことか、事情《わけ》を話してもらおうか。おい山賊、なんでお亀ちゃんを連れていこうとしたい？」

「…………」

「あれ？　このやろー、黙ってやがる。お亀ちゃん、簪を一本借りるぜ」

言って菊之助は、お亀の頭に挿さる玉簪を一本抜き、権吉のうしろに回ると片腕で首を絞め、その喉首《のどくび》に簪の尖がった先を当てた。

「刺すぞ」

余計なことは言わない。一言に、凄みを込めた。

「わっ、分かったから簪を収めてくれ」

「駄目だ」

先手を握ったら、絶対に手放さないのが喧嘩の極意である。

「その娘の懐にある五十両……」

文太が、目論見《もくろみ》を白状した。

「なんだって？　お亀ちゃんは、なんでそんな大金を持ってんだ？」

「ああ、人から盗んだ金だ」

　首に簪を突きつけられた権吉が、苦し紛《まぎ》れに言った。そこで菊之助は権吉から手を離し、顔をお亀に向けた。

「いったい、どういうことだい？」

「それはだな……」

　浪人が、菊之助の問いに答えようとした。

「てめえらに訊いちゃいねえ。用が済んだら、とっとと失せやがれ」

　菊之助の剣幕に、三人は獲物をあきらめたか、すごすごと引き上げていった。

　それから間もなくして、小部屋の襖を開けたのは店の仲居であった。

「お怪我はありませんで？」

　まずは、客の安否を気遣った。

「騒がせてすまなかった。こっちは、大丈夫だ。それよりも、奴らは出てったかい？」

「ええ。悔しそうな顔をして出ていきました。それで、お土産の鰻が焼き上がりましたので」

「そうかい。だったら、大家さん勘定を頼む」

菊之助は、平静を装っている。しかし、心のうちは権吉が言った一言に向いている。

『人から盗んだ金だ』が、脳裏にこびりついている。

「仲居さん、もう少しいさせてくれねえか？」

ここでお亀から本当のことを聞き出そうとする。

「ごめんなさい。ここを空けていただかないと……次のお客さんが待ってますので」

「せっかく着替えを持ってきたが、しょうがねえか。ここを出たら、お亀とはおさらばだ。何があったか知らねえけど、気をつけていきな」

突っ撥ねる菊之助に、お亀の首は小さく横に振られた。

「一緒に連れていってください」

なぜか離れたくないと、お亀が嘆願をする。

「いや、駄目だ。なんにも話してくれねえんじゃ、おれたちの身だって危なくなる。おれはかまわねえけど、大家さんが困るだろうよ」

「実はあたし……」

とまで言って、お亀の言葉が途絶えた。まだ、仲居がいたからだ。

「仲居はん、受け取っといてや」

高太郎が、鰻の代金を払うと仲居は部屋から出ていった。するとお亀は、懐から分厚い財布を抜き出した。

「あたし、巾着切りなんです」

お亀の告白に、菊之助と高太郎は唖然とし、しばし口が開いたままとなった。

「ここで話はなんだ。だったら、長屋に戻ろう。そこで、詳しく話をきこうじゃねえか」

お亀を黄八丈に着替えさせ、三人は店から出た。店を出る際、暖簾の陰から外をうかがうが、お亀を付け狙う視線は感じられない。

相変わらず、浅草広小路の賑わいは途絶えてはいない。

一町ほど歩いて、浅草寺は雷門《かみなりもん》まで来たところであった。見覚えのある侍が三人ほど、あたりを見回しながらつっ立っている。鰻屋の店先から見た、家来風の侍たちであった。

「菊之助はん、避けて通りませんか?」

「いや、何を話しているか近寄って聞く。なあに、お亀の姿は変わっているから、何も心配することはねえ」

高太郎が怯《おび》えるも、菊之助はどこ吹く風だ。

「いやなら、おれと少し離れていな」

菊之助が速足で歩き、侍たちに近づいた。

「……どこ探しても、みつからんな」

菊之助の耳に入ったのは、ここからであった。足を止め、背中を向けて声を拾う。

その菊之助に、気づいている様子はない。

「振袖を着た娘だったが、逃げ足の速いやつだ」

「ご家老の山田《やまだ》様は、財布を落としたのではないのか？」

「そんなのは、どっちでもいい。問題は、あの財布が他人《ひと》の手に渡ることだ。五十両の金なんて、どうでもいい。要は、あの中に……」

と言ったところで、侍の言葉が途絶えた。

「周りの耳がある、それ以上は言うな」

もう一人の家来が止めた。家老と言うところは、大名か大身《たいしん》旗本の家臣にも取れる。

「……お亀が掏り盗った財布の中に大事な物があるのか。すぐに返してやらんといかんな」

菊之助は呟き、二十歩も離れた高太郎とお亀のいるところに戻った。

「お亀ちゃん、財布をお侍に返してやりな。どうやら、金以上に大事なものが入っているようだ」

「ええ、分かりました」

意外にも、お亀は素直であった。そして、侍たちに近づこうとしたが、そこには三人の姿はなかった。お祭りみたいな雑踏に紛《まぎ》れると、もうどこに行ったか分からなくなる。財布を返したくても、返せなくなった。

## 五

諏訪町のけったい長屋に戻れば、菊之助の隣が空いている。とりあえずそこに連れていき、今後のことを考えなくてはいけない。

ここで菊之助は、二つのことを考えていた。

一つは、お亀を盗人の道から足を洗わせること。その性格は、意外と素直であると見抜いていた。

そして二つ目は、どうにかして財布を持ち主に戻すことである。五十両だけならどこかで拾ったと言って、御番所に届け出ればよい。金だけならばよいが、中にある大事な物というのが気になる。人目には触れさせたくないものだと言っていた。

けったい長屋に着き、空き家へと三人は入った。

「お亀ちゃん、財布をここで出してくれ」

「五十両のほかに、何が入っているんやろか？」

高太郎が、興味ありげに訊いた。

「そいつをこれから見るんで。場合によっちゃ、すぐにでも返さんといかんからな」

お亀が財布を取り出し、菊之助の膝元に置いた。

「五十両ともなると、重いものだな。金ってのは、あるところにはあるものだ」

ずっしりと重い財布を開くと、小判が切り餅の包みではなくバラで入っている。菊之助は畳に撒いて財布を空にする。そのほかに何が入っているかと、そのほうが気になる。

「実際は、四十八枚でんな」

高太郎が、小判を数えて言った。

「こんなもの盗んだら、首が飛びます……あっ！」

言う高太郎の顔が、にわかに変わった。真っ青にである。

「これはえらいこっちゃで。どないしよう？」

声には震えが帯びている。

「どうかしたかい、大家さん」

「菊之助はん、すぐに御番所に届けまへんか？」

「届けてどうするんで？」

「そうでもせんと、わてらも御用になりまっせ。へえ、仲間だと思われてな」

高太郎の言いたいことは、巾着切りの一味として疑われることだ。十両盗めば首が飛ぶ世の中である。そこに気が付き、高太郎は慌て慄《おのの》いた。

「そんなことは、端《はな》から承知よ。だが、届けてあたしらは潔白ですと言ったら、このお亀はどうなる？　おれたちだけ助かって、お亀の首を小塚原《こづかっぱら》の獄門台に晒してもいいってのかい？　そんな薄情なこと、おれにはできねえな」

「そうでんな。わても、できまへん」

二人のやり取りを、お亀はうな垂れて聞いている。自分のしでかした罪の大きさを、嚙み締めている。

「そうだろう、大家さん。だけど、御番所は心配しねえでいい」

「なんでです？」

「この中に大事なものがある限り、あの侍たちは番所に届けたりはしねえ。おそらく、かなりやばいものが入っているはずだ。今、そいつを探してるところだけど、つまらねえ紙切れが一枚入っているだけだ」

　子供が手習いで使うような草紙紙《そうしがみ》を半分に切り、それを四つ折りにしたものが一枚出てきた。菊之助は紙に書かれたものを読んだが、気にも留めなかった。だが、あとは、どこを探しても何も出てこない。

　財布そのものに秘密がと思い、裏返したりいろいろしてみたが、何もそれらしきものはなかった。

「その紙に、何が書かれてはります？」

　高太郎が、念のためにと訊いた。

「こいつか？　なんだか、変なことが書いてある。えーと……」

　と言って、菊之助が五行ほどに書かれた文面を声に出して読む。

遠の空
野にかかる虹
幾とせの
能登の夕日に
血がにじむ秋

「なんだか、和歌のようでんな」

「ああ、そうだな」

菊之助は、和歌とか俳諧《はいかい》とかそういう優雅で風流を愛《め》でるものは苦手《にがて》であった。まったくといってよいほど、そういうものには興味がない。なんせ、唯一の道楽はじょそっ娘だからだ。この和歌に込められた情緒など、とても理解できるものではなかった。

「これが大事な物ってのかい？」

「ちょっと、裏にも何か書かれてありまっせ」

小筆で書いたような殴り書きを、高太郎が見つけた。

「なんでっか、『弥生《やよい》二十日頂戴《ちょうだい》仕《つかまつ》り候《そうろう》』って、書かれてありまんな」

「大事ってのは、これのことだな。そうだったか」

うなずきながら、菊之助が返した。

「何か取引きをする日付けだな。弥生二十日といえば、あしたじゃねえか。これがねえと、日取りが分からねえってことだな」

「すぐにも返してあげんと……」

「ああ、困っているだろうよ。だが、どこにも持ち主の名が書かれていねえ」

そこにお亀が口を挟む。

「この和歌って、何か変じゃないですか？」

「どこがでっか？」

高太郎が問うた。

「だって、今は春でしょ。でもこの和歌には、秋なんて書かれてます。ちょっと、季節が違うのでは？」

「そりゃお亀、こういうものはだな……」

菊之助が、さも精通したような口調で説く。

「人の持つ感性が詠《よ》ませるものだ。だから、凡人が意味を悟ろうとしてもとうてい理解できるものではない。それよりも、裏に書かれた日付けのほうが重要だな」

知ったかぶりが顔を出す。

「やはり菊之助さんて、すごい。見てくれもいいけど、頭もいいのね。それと、腕っ節も強いし……ねえ、高太郎さん」

うっとりとしたお亀の目が、高太郎に向いている。

「そりゃ市村羽左衛門の当たり役、弁天小僧菊之助とよく間違えられますから。えろう、女子《おなご》はんからもてまっせ」

高太郎とお亀のやり取りを、気にする風でもなく菊之助は紙片を見つめている。改めて読んでいるのは五行の和歌である。

「ああ、分からん和歌だな」

と言っては、首を捻っている。

「菊之助はん、それって洒落《しゃれ》でっか？」

「えっ、なんでそれが洒落なの？」

お亀が高太郎の相手となった。

「それはでんな、お亀ちゃん。分からないと和歌がかけ合った、駄洒落でんがな」

「あっ、本当だ。高太郎さんて、おもしろいのね？」

「さよでっか。あまり、おもろいとは思えへんけどな」

「ちょっと、静かにしてくれねえか」

菊之助のたしなめに、高太郎とお亀が首をすくめて黙った。

相変わらず菊之助は紙片を眺めている。その顔は、真剣そのものである。

「……この和歌に何が隠されている」

呟きが、菊之助の口から漏れた。和歌を二度三度詠むうちに、ここに重大な秘密が隠されていると取ったからだ。

　遠の空
　野にかかる虹
　幾とせの
　能登の夕日に
　血がにじむ秋

　と、もう一度声に出して詠んだ。そして、紙面を返して走り書きを読む。

「弥生二十日頂戴仕り候……ってか。ああ、分からん」

　とうとう菊之助は紙片を放り出し、ゴロリと横になった。

「ねえ、高太郎さん……」

「なんでっか？」

「あたしって、字なんて習ってないから、こんな難しい字読めないの」

「そうでっしゃろなあ。字を習うより、手先の修練のほうが大事だったのやろ」

「難しい字を習ってないので、仮名しか読めないのよね。だから、これを見たとき

『のにかかるとせののにがにじむ』の部分しか分からなかった。ああ、恥ずかしい」

「字など読めんたって、なんも恥ずかしいことはあらへんで。それよりも、他人さまの物を盗むほうが、よっぽど恥ずかしいでっせ」

「うん、分かった。もう、絶対に掏りなんてやらない」

天地神明に誓うと、お亀が口にしたところであった。

菊之助の上半身が、ガバッと音を立てて起き上がった。

「分かったぞ、おい」

その顔は、上気して赤い。

「お亀ちゃんのおかげだぜ」

「何が分かったん？」

「これはえらいこっちゃで、大家はん」

興奮したか、菊之助も上方弁となった。

「何を一人ではしゃいでまんねん。はよう、聞かせてくれまっか」

高太郎が、菊之助をせっついた。

「大家さん、矢立と紙を持ってたな」

「ええ。今朝方、受取証を書きましたから」

高太郎は、懐から矢立と半紙を取り出した。それを菊之助に渡すと、何やら書きはじめた。

「これを、読んでみてくれ」

書き終わり、高太郎の膝もとに置いた。

とおのそら
のにかかるにじ
いくとせの
のとのゆうひに
ちがにじむあき

と書かれてある。

「これなら、あたしにも読める」

お亀が、声を出して読んだ。

「でも、これって何がえらいこっちゃですの？」

上方弁で問うたのは、お亀である。

「分からんかね……大家さんも？」

「へえ、さっぱり」

「どや、これで」

威張った顔つきで、菊之助は紙面に印をつけた。各行の、頭を○で囲む。

「あっ！」

「えっ！」

高太郎と、お亀の驚きが同時であった。

「とのいのち……って、書かれてまんな」

「ああ、そうだ。それと裏の文字をつづけると、弥生二十日殿の命頂戴するといった意味に取れる」

「殿様……暗殺ってことでっかいな？」

高太郎の声音が、陰《いん》にこもって小さくなった。

「おそらく、夕日と血がにじむってところから、あしたの夕刻に決行されるのだろう。お家騒動に関わる書付けだったんだな」

「そんなに、刻がありまへんで。はよう、お殿様に報せてあげんと」

「この財布の持ち主は、山田って家老とか言ってたな」

　菊之助は、家臣の一人が口にしたその名を憶えていた。だが、何藩の何家だか皆目《かいもく》見当がつかない。

「まあそいつはいいとして、これをどっちに届けるかだ」

　標的は殿様。首謀者は家老という図が、菊之助の頭の中で描かれていた。

「もっとも、家老の背後に、さらなる黒幕がいるのだろうが」

　それを菊之助は突き止めたくなった。

「だが、いったいどこの誰？」

　菊之助の肚《はら》は決まっていた。殿様だろうが誰だろうが、人一人の命が取られようとしている。それを守るのが先決だと。財布は家老にではなく、殿様に渡そうと――。

六

　時はたったの一日と限られている。それまでに、藩と家名を突き止めなくてはならない。

「何か、いい考えが……そうだ！」

　菊之助の、その声が大きかった。

「急にでかい声で……今度は、何を思いつきましたん？」

「のとのかみだよ、能登守」

「神様のこと……？」

お払いの仕草をして、お亀が訊いた。

「神社仏閣とは関係ないよ」

なんと説いてよいのか、菊之助にも答えようがない。

「大名にはみんな、なんとかの守ってのが付いてるんだ。なんでだか、知らんけどな」

大名の官位に詳しい者など、町人にはいない。菊之助の出は一応武家ではあるが、とうの昔にそんなことは忘れて今は町人である。それも、遊び人としてどっぷりと浸かっている。ただ、大名に官位の呼称があるくらいのことは知っている。

書付けにある『能登』を、大名の官位に結びつけた。

「長屋の中で、こういうのに詳しい奴はいねえかな？」

「菊之助はんが知らなければ誰も……いや、おりましたで。これもまた、けったいなお人で」

「ほう、誰だい？」

「講釈師の先生でんがな。ほれ、向かいの棟《むね》に住む」

「ああ、貞門《ていもん》先生がいたな。いつも釈台を叩いて賑やかな人だ」

高座に上っていないときは、長屋で講談の稽古をしている。世の中の雑学には造詣が深い。これはうってつけだと、金龍斎《こんりゆうさい》貞門に伺いを立てることにした。

「鰻をごちそうしてやるといえば、すっ飛んでくるぞ。今、いるかな?」

土産で買った鰻の蒲焼で、貞門を釣ることにした。さっそくとばかり、高太郎が呼びに行く。

すぐに、高太郎だけが戻ってきた。

「この刻じゃ、どこかの高座に上がってるか、留守でおます」

昼を過ぎたあたりである。どこかの寄席で、一席語っているものと取れる。

「どこの寄席だい?」

「さあ……」

高太郎に、分かるはずもない。そうなると貞門を探すか、帰るのを待つかである。

「貞門先生の定席は、浅草か下谷《したや》か両国《りようごく》広小路と聞いたことがあります。けど、その三か所だけでも寄席は二十軒ほどありまっせ」

せめて、行っている場所が分かればよいのだが、それすらも分からない。

「夜を待ったほうが賢明かな。暮六ツごろには戻るだろ」

だが、その刻限に貞門の姿を見たことはない。向かいの棟に住んでいても、あまり顔を合わせたことのない菊之助であった。

「寄席は、芝居と違って夜席もありますさかいな。仕事が終わった職人相手に、宵の五ツごろまでやってるところがありまっせ」

そこまで待っていられるかどうか、菊之助は考えた。要は、大名の名が知れればよいだけのことである。ほかの方法を模索しようとしたところであった。

「もしかしたら……」

声にしたのは、お亀であった。

「浅草にいるんじゃないかしら」

「なんで、浅草と言えるん？」

訊いたのは、高太郎であった。

「縁日が立ってるからよ。きょうは人の出が多いので、あたしたちの刈り場でもあるわ。寄席なども混むし……」

縁日の人出は、巾着切りの稼ぎ場である。お亀は、掏りの符丁を口にした。

「そうか……しかし、おれって馬鹿だな。何も貞門さんに聞かなくたって、ほかの講釈師でもよかったんだ。だったら知ってる席亭が奥山《おくやま》にいる。これからそこに行ってくるわ」

「わてらも行きますか？」

「いや、おれ一人でもいい。大家さんは仕事があるだろうし、お亀はゆっくり休んでな。鰻の蒲焼は、そこの土産として持っていくぜ」

「今夜食べようと、思うてましたのに」

残念そうな声音で、高太郎が言った。

「大家さんは金持ちなんだから、鰻ぐれえいつだって食えるだろ」

「仕方ありまへんな」

菊之助は、鰻が包まれた折を持ってさっそく浅草奥山に向かった。

芝居小屋などが建つ奥山の中ほどに『本馬亭《ほんばてい》』という寄席《よせ》がある。そこの席亭と、菊之助は懇意とはいえずも知り合いであった。

「久しぶりで、お席亭」

木戸に座る席亭に声をかけた。

「おや、菊之助さんが寄席とは珍しい。遊びに来たんかい？」

「いや、すまねえが遊びじゃねえんで。きょうは貞門さんは出てますかい?」

念のためにと、菊之助が訊いた。

「金龍斎貞門さんなら、今ちょうど高座に上がってるところだ」

訊いてみるもんだと、菊之助はほっと安堵の息を吐いた。

「貞門さんに用事でもあるんかい?」

「ええ。ちょっと、大事な話が。あの人とは同じ長屋に住んでるもんで」

「そうだったかい。だけど、今高座に上がったばかりだから、四半刻ほど待つようになるよ」

「ならば、木戸銭を払って観させてもらうよ」

「分かった。高座を下りたら、楽屋に回ればいい。そのあとは、出番が空《あ》くからゆっくり話をしな」

木戸銭を払って小屋に入ると、ちょうど張り扇で釈台を叩く音がした。

そして、四半刻後。

「……本多平八郎忠勝　天下三名槍『蜻蛉切《とんぼぎり》』の一巻《ひとまき》、これにて読み切りとさせていただきます」

出し物は、菊之助の祖先の語りであった。

　貞門が高座を下りたところで、菊之助は楽屋へと向かった。

　楽屋は狭いので、本馬亭の向かい側にある茶屋で話をすることにする。

　先に出て、菊之助が茶屋で待った。ここにも異国の文化が押し寄せている。長床《ながしよう》机《ぎ》ではなく、四人がけの四角いテブルにチエアの腰掛けがついている。

「……先だっての、じょそっ娘館《こやかた》みてえだ」

　菊之助は呟きながら、空いてるテブルに座った。このほうが、話がしやすい。

　間もなくして、総髪を肩まで垂らし、立派な口髭《くちひげ》を貯えた四十歳前後の男が入ってきた。黒羽二重の紋付に袴の舞台衣装であるが、いつも同じ物を着ている印象がある。その黒も色がさめ、少々赤みがかっている。

　手土産は、鰻の蒲焼である。菊之助は、惜しげもなく差し出した。

「みなさんで、どうぞ」

「鰻か。だが、噺家みんなで食ったら、一口ずつだな。まあ、いいか。それより、話ってのはなんだ？」

　貞門が問うたところで、茶屋の娘が注文を取りに来た。テーという、琥珀《こはく》色の西洋の茶を菊之助は頼んだ。

「わしは、日本の茶でいい」

娘が去ると、菊之助は懐から紙片を出した。

「貞門先生に、ちょっと見てもらいたいものがありまして……」

「なんだね?」

菊之助は、書付けを貞門に手渡すと、首を傾げて読んでいる。

「なんの変哲もない和歌だと思うが……これがどうした?」

「裏を見てください」

「弥生二十日頂戴仕り候とあるが? あしただな」

「これが、結びつくんですよ」

言って菊之助は、もう一枚の仮名で書いた和歌を見せた。すでに『とのいのち』と印がしてある。

「おや、これは、俗に言う暗号というものではないか」

「なんだか知らんけど、ずいぶんと訳ありですよね」

「訳ありどころではない。こんな物、どこで手に入れた?」

「雷門の前で拾ったんで」

お亀が盗んだとは、さすがに言えない。

「それで、直《じか》に届けたいんだが持ち主が分からず、そこで貞門先生に訊いてみようかと」

「菊之助でも、分からんか」

「いや。ここに能登とあるけど、おそらく能登守じゃないかと。大名で能登守というと……？」

「いやあ、この和歌は全部符合するぞ」

「なんですって！」

「ああ、一目瞭然《いちもくりようぜん》だ」

「さすが、講釈師の先生だな」

まだ、最後まで話を聞いていないのに菊之助が賞賛した。

貞門が袴に挿した扇子《せんす》を抜くと、張り扇《せん》の代わりに太ももを叩いた。

「江戸は遠く百八十里離れた陸奥《むつ》の山奥に遠野《とおの》と呼ばれる小藩あり　所領一万二千石の外様《とざま》にてその昔は伊達《だて》家の……」

講談調よろしく、語り出す。

「あの、先生。ここは高座じゃないので、普通に語ってもらえませんか。なにぶん、一日しか余裕がないもんで」

講釈を聞いていたら、一話の読み切りまで四半刻以上かかってしまう。そこまで詳しく知ることはない。どこの藩のなんていう大名か知れればよいことだ。菊之助が、遠慮がちに止めた。

「そうか。わしの語りはみな講談調となってしまうからな。気をつけんといかん」

少し反省をして、貞門が普通に語り出す。

「この和歌に、すべてが書かれている。まずは、上の句二行に遠野とあるだろ。これは陸奥遠野藩ってことだな。それと下の句の能登は、能登守ってことだ」

「……やはり」

自分の勘が正しかったと、菊之助は小さくうなずいた。

「それとだ。最後の秋だが……」

そこにテーが運ばれ、貞門の語りは遮られた。

「ごゆっくり」

と言って、娘は離れていく。

「最後の秋だが……」

と言ったところで、貞門の語りが再び途切れた。

「先生、ちょっと待ってくれ」

茶屋の戸が開いて、見覚えのある男たちが入ってきたからだ。ならず者風の男二人であった。薄汚れた浪人の姿はない。

「あっ、てめえ……」

菊之助の顔を見て、権吉が驚く顔をした。

「さっきの奴だぜ、文太」

「ああ、分かってる」

菊之助には敵《かな》わないと思ってか、座るのをためらっている。

「おう、久しぶりだな」

そこに菊之助は声をかけた。

「誰だ、知り合いか？」

「ええ、ちょっと。他人の稼ぎを横取りする、銀蠅みてえな奴らです」

貞門の問いに、菊之助が小声で答えた。

──もしかしたら、使えそうだ。

「余所《よそ》に行こうぜ」

権吉と文太が踵《きびす》を返そうとしたのを、菊之助が引き止める。

「そんなに急いで帰ることはねえだろ。そこに座って茶でも飲んでな」

「へえ……」

後ろ盾がないと、この手の男たちはおとなしい。素直に菊之助の言うことを聞いた。

「もっと離れたところに座っててくれ」

まだ、貞門との話は終わっていない。聞かれてはまずいと、隣のテブルに座るのを菊之助は拒んだ。

「すいません、話を待たしちまって」

「どこまで、話したかな？」

「秋まで……」

「最後に秋と書かれているが、これは滑川秋豊《なめかわあきとよ》か秋房《あきふさ》のどちらかだな」

「どちらかってのは？」

「異母の兄弟ってことだ。滑川家は昔から家督争いの絶えない、複雑な家系でな」

さすが講釈師で、世間の俗説から、大名家のことまでをよく知っている。

「殿の命頂戴とあるからには、秋豊を秋房が狙ってのことだな。秋豊が今藩主についているが、これは側室《そくしつ》の子だ。秋房は正室《せいしつ》の子だが、半年ばかり生まれたのが遅く、それでも正室の子なんでな、自分が嫡子《ちゃくし》だと思い込んでいた。だが、秋房《こっち》はかなり性格が悪い。先代は、半月ばかり前に逝去したとのことだ。それで、お家騒動が勃発したんだろう。二人ともまだ、二十歳と若い。日陰の身となった秋房が、秋豊の命を狙うというのはごく自然の成り行きだな。そんなことは、古今東西よくあることで珍しい話でもなんでもない」

「それにしても貞門先生は、いろんな事をよく知っている」

呆れたような表情で、菊之助は貞門を敬った。

「ああ。話の種を拾うのに、これでも苦労をしているからな」

「それで、滑川家の上屋敷というのはどこに……？」

「これを届けるのか？」

「ええ。秋豊って殿に、この書付けを持ってってあげようかと」

「いや、待て。そんなことをしたら、血を血で洗う大騒動になるぞ。これは秋房に届けて、決起を止めさせるほうが賢明かもしれんな」

貞門の意見も一理あると、菊之助は小さくうなずく。だが、今は止めたとしても、いつかは秋豊の首は刎《は》ねられる。早いか遅いかの問題だと、菊之助は判断に迷った。

「滑川家の上屋敷は、たしか伝通院《でんつういん》に近い小石川《こいしかわ》だったが。なぜに浅草なんぞに……？」

貞門が、首を傾げて考える。そこに菊之助が、思いつきを口にする。

「もしかしたら、中屋敷か下屋敷がこのへんにあるのでは？」

「そうか。だが、中屋敷は小藩なので与えられてはいないはずだ。というと、下屋敷……どこにあるかまでは、わしには分からん。だが、秋房は下屋敷にいて指令を出しているのだろう。この書付けは、秋房が書いたものに違いない」

断定をする、貞門の物言いであった。講釈ならばここで釈台を、張り扇でもってパンパンパンと叩くところである。

「どうしようかな？」

菊之助が考えている。

「これは町人が首をつっ込むところではないぞ。異国が押し寄せ、国の中では尊皇《そんのう》攘夷《じょうい》だ公武合体《こうぶがったい》だと騒いでいる。でかい声では言えんが、いずれ幕府は潰《つぶ》れるかもしれんのだ。大名家がどうなろうと、関わりを持たないほうがいいと思うがな」

貞門の忠告に、菊之助はうなずくかというとそうではない。

「でも、人ひとりの命が狙われてるんですぜ。殿様だろうが誰だろうが、手を拱《こまね》いていたら、こっちの寝覚めが悪い」

「まったくおかしな奴だな、菊之助は。だからけったいな長屋なんて、言われるんだ。

だが、それがまたいいところなんだな、女にもてるのがよく分かる。わしも講釈の種で使いたいよ、この話」

「……女か。だったら貞門先生、いい考えを思いついた」

「ほう、どんなだ？」

「秋房に会って、こんな馬鹿馬鹿しいことはやめろと言ってくる。どの道、幕府はもうすぐ潰れるって、今しがた貞門さんは言ったよな」

「ああ。世の中は風雲急を告げている。異国に踏み込まれ、もう今の幕府では長くはもたんぞ」

大きな声では言えないと、貞門が声音をぐっと落とす。

「お家騒動なんかしてる場合ではないってことだな。兄弟そろって、この国を守るようにせんと」

「そのとおりだ。殿様になったところで、幕府がなくなったら大名なんてなくなり、ただの人になるってことだ」

「おれたちみたいに、町人になるってことですかね？」

「いや、もっと悲惨な目に遭うかもしれんし、なんとも言えん。だが、そんなことよりも、こんなくだらない兄弟喧嘩を早くやめさせることだ」

それには菊之助も同意をする。そうなると、まずは滑川家の下屋敷がどこにあるか探さなくてはならない。

「わしの勘が正しければ、この書付けはそんな意味をもっている。もし、違っていたらまったくもって分からん暗号だ。菊之助も、あきらめたらいい」

「ええ、そうします」

「そろそろわしも戻らなくてはいかんのでな……」

茶を飲み終え、貞門が立ち上がった。勘定は頼むと言って、貞門だけが茶屋をあとにした。

## 七

菊之助がその場に残ったのは、別の卓につく権吉と文太に話があったからだ。

「さっきはすまなかったな」

菊之助が言いながら、空いているチェアに座った。

「こっちこそ……」

権吉が小さく頭を下げたものの、なんの用事だと訝《いぶか》しげな表情を二人はしている。

「五十両とはいかんけど、少なくても五両いや、うまくすれば十両になる仕事をする気はねえか？」

こういう便所の銀蠅みたいな奴らでも使いようだと、菊之助は近づいたのである。

「どんな仕事で？」

文太が乗り気となったか、体が前のめりになった。

「簡単な仕事だ。その代わり、金はあと払いだ」

「どうする、おい？」

「少なくても五両になるってんなら、やってもいいんじゃねえかな」

文太の問いに、権吉が答えた。

「やる気になったかい？」

「へい。それで、仕事ってのは……？」

「陸奥は遠野藩滑川家の下屋敷が、どこにあるか知ってるか？」

腐っても土地のならず者たちである。この辺のことには詳しいだろうと、菊之助は真っ先に訊いた。知っていたら、今夕にでも乗り込むつもりであった。

「いや、知らねえな」

「武家……それも、大名家のことなんてまったく頭にねえからな」

「だったら、どこにあるか調べてくれねえか。浅草近辺なのはたしかだと思うが」

「調べてどうするんで？」

「場所が分かったら、あんたら二人、おれと一緒に行ってもらう。仕事ってのは、それだけだ。なにも危ねえことはねえ。それでもって少なくとも五両、もしかしたら十両にもなるんだ、悪い話じゃねえだろう？」

「そうだな」

「滑川家の下屋敷ってのを探すんなら、たいしたことはねえだろう」

文太と権吉が交互に口にする。

「ただし、あまりでかい声を出して訊きまくるんじゃねえぜ。それとなく、探ってくれ」

これから探るとなると、報せは夕方になるだろう。となると、滑川家の下屋敷に乗り込むのは明日になってしまう。それでは間に合わないかと思うものの、それも滑川秋豊の運命と、菊之助は気持ちを定めることにした。

この後の手はずを言い含め、菊之助は諏訪町のけったい長屋へと戻った。

権吉から、滑川家の下屋敷の在り処が分かったと報せがあったのは、西の空が茜《あかね》色に染まる、夕七ツ半を四半刻ほど過ぎたところであった。

暮六ツ近くなり、乗り込むのは明日の昼過ぎと決めた。

翌日の昼、菊之助の仕度は調《ととの》った。髷は娘島田にして、煌びやかな簪をびらびらさせている。着ている物は、お亀が昨日着ていた振袖である。そう、菊之助は昨日のお亀の姿となって、滑川家に乗り込む構えであった。侍たちが、振袖の娘を探していたからだ。

本所中ノ郷に、滑川家の下屋敷はあった。権吉と文太とは、吾妻橋《あづまばし》の浅草寄りの袂で落ち合うことにしていた。

正午を報せる鐘が鳴り、その四半刻後である。菊之助が吾妻橋の袂に来ると、権吉と文太がきょろきょろとあたりを見回している。菊之助の姿を探しているが、目の前に来ていても分からない。

「どなたか、探してますので？」

菊之助が、女言葉で文太に声をかけた。

「連れを待ってるんだが、なかなか来ねえ」

「なあ、文太。あんな菊之助なんてのを相手にするより、この娘と飯でも食いに行ったほうがいいんじゃねえか？」

「そうだな。だが、五両……いや、十両がふいになるぞ」

「そっちが大事かい」

「お嬢、悪いが相手にしてられねえんでな、あっちに行っててくれねえか」

文太が追い払うように言った。

「馬鹿やろー、おれだよ」

「えっ？」

二人の驚く顔が向く。

「どこの娘が、おめえらみてえな薄汚ねえのに声をかける。よほどのあばずれだって、そんなことはしねえぞ」

「あんた、菊之助さん？」

「ああ、そうだ。ぬけ弁天の菊之助たあ、おれのことよ」

芝居調よろしく、菊之助は見得を切った。

「滑川家の下屋敷に着いたら、おれを捕えて突き出してくれ。きのう、お武家さんから財布を掏ったのは、この娘だと言ってな。あんたらの仕事はそこまでだ」

「金は？」

「おれを捕まえた礼金てことで、相手からもらえるから心配するな」

「本当に、もらえるので？」

「くれなかったら、催促すりゃいいやな。礼金は、一割ってのが相場だからな。それじゃ少ねえって駄々をこねりゃ、その倍は出すだろうよ」

そこに、秋房が必ずいるはずだ。だが、まともに行っても取り合ってはくれそうもない。相手の懐に入り込むにはこの手しかないと、菊之助が考えた策であった。

滑川家の下屋敷は、吾妻橋を渡った本所の北側、俗に蛇山《へびやま》といわれる鬱蒼《うっそう》とした林の裏側にあった。

屋敷の外に、門番が一人立つ。正門の手前一町ほどのところで、権吉が菊之助を縄で縛った。

「縄を持ってこいと言ったのは、このためでしたかい？」

「ああ、そうだ。それにしても、汚ねえ荒縄だな」

「すいやせん、こんなのしかなかったので」

「なんでもいいや。かえってこのほうが、本当らしく見えていいだろ」

菊之助はがっくりと肩を落とし、それを引き立てるように権吉と文太が引っ張る。

門の前まで来ると、文太が門番に声をかけた。

「こちらにきのう財布を盗まれたお武家さんがおられると。その盗人を捕まえましたので……」

「ご家老の山田様から……ちょっと、待っててくれ。すぐに呼んでまいる」

疑うことなく門番が、駆け込むように屋敷内に入っていく。そしてすぐに、五人ほどの侍が脇門を潜《くぐ》って出てきた。一人は裃《かみしも》を纏った、家老と思《おぼ》しき者が交じっている。遠目からでも、その顔に菊之助は見覚えがあった。

「よくぞ捕まえてくれたのう」

よほど財布が返るのが嬉しかったか、権吉たちに経緯までは訊ねてこない。

「ご家老にぶつかったのは、この娘に違いありませんな」

言った家臣の一人に、菊之助は見覚えがあった。

「少し体が大きいようだが、間違いがあるまい。着物の柄に覚えがある」

もう一人の家臣が、念を押した。

「盗んだ財布はどこにある？」

「はい。手付かずにしてお持ちしました」

家老の問いに、菊之助は殊勝な声音で言った。

「ならば早く出せ」

「縄で縛られていては……」

「そうだな。すぐに解け」

縄を解かれた菊之助は、懐から膨らんだ財布を出した。

「申しわけございません」

と、菊之助は深く頭を下げた。

「四十八両は手付かずだな。そうだ、そのほうたちに礼をせんといかんな。この巾着切りを捕まえてくれた礼だ、取っておけ」

家老と言われた山田が、財布の中から小判を二枚出して権吉に渡した。

「二両……ですか？」

少なくても五両と踏んでいたのに少なすぎる。権吉と文太は、不満げな顔となった。

「何か、不服か？」

刀の柄《つか》に手をやり、家臣の一人が二人を脅した。

申しわけないと、心で思うも菊之助としては口に出せない。

「いえ……」

仕方がないと、権吉と文太は催促することなくその場を去っていった。

――けちな野郎だぜ。

菊之助は、心の中で家老を嘲《あざけ》った。

「入ってないな」

家老が、財布の中を探している。

「娘に問うから、屋敷の中に入れろ」

菊之助が、家臣たちに取り囲まれて屋敷へと入った。

八

さっそく、家老山田から尋問があった。

「金はともかく、ほかに何か入ってなかったか？」

「ありましたよ、変な和歌が……」

「それをどうした？」

「直にお殿様に渡そうかと……」

「なんだと？」

「慌てなさんな。お殿様といっても、弟君の秋房様で」

「なんで、そのことをおまえが知ってる？」

「すべては、秋房様に。おっと、おれを殺そうなんて了見を起こしちゃいけやせんぜ」

菊之助はここで娘から、無頼の男へと変わった。

「こやつは、男か？」

「ええ。立派な玉だって、ついてやすぜ」

ここからは、少しでも怖気《おじけ》を見せたら負けとなる。

「やっぱりあの書付けは、滑川様のもんだったんで」

貞門の勘は正しかったと、菊之助は得心した。だが、この先の成り行きまでは読めてはいない。相当に命懸けであるとだけは、覚悟をしている。

「早いところ、秋房様のところに引き立ててくれ」

菊之助は、精一杯の虚勢を張った。

「ぐずぐずするねえ。二十日《きょう》の夕刻までには、いくらも間がねえぞ」

「どうやら、みなまでお見通しのようだな。ならば、生かしてはおけん」

家老山田の小声であった。

下屋敷の狭い部屋に菊之助は引き立てられ、滑川秋房が来るのを待った。

周りを、家臣たちが取り囲んでいる。菊之助と秋房を取り持つように、家老の山田が座っている。秋房の一言で、菊之助の命運は決まる。そんな雰囲気の場であった。

やがて足音がして、襖が開く。部屋へ入ってきたのは、秋房一人であった。脇息《きょうそく》に体を預けて、一声を放つ。

「おまえか、山田の懐から財布を盗んだというのは？　娘のくせして、大胆なことをするのう」

「秋房様。この者は娘ではなく、男でして」

家老の山田が小さく首を振りながら、秋房に言った。

「なんだと、男だと……ずいぶんと、きれいに化けるもんだな」

秋房が、薄笑いを浮かべ菊之助を睨んでいる。

「そんなことはどうだっていい。もうそろそろ、小石川のお屋敷に向かわなくてもいいんですかい？」

秋房の目を見据え、菊之助が一矢を放った。

「何を言ってる、こやつ……？」

秋房の顔色が、にわかに変わった。そこに付け込み、菊之助が口に出す。

「遠の空　野にかかる虹　幾とせの　能登の夕日に　血がにじむ秋」

そらで憶えている和歌を、声を出して詠んだ。すると、背後からカシャッと刀の鯉《こい》口《ぐち》を切る音がした。

「おっと、まだ殺さねえでくれ。言いてえことは、これからだからな」

「手を出すのではない」

秋房が、家臣の殺気を鎮めた。しかし、その形相は目が吊り上がり、まさに鬼面と化している。菊之助の答いかんでは、五人の家臣の刀が一斉に抜かれる。それにかまわず、菊之助は言い放つ。

「お家《いえ》の中で、どんな経緯《いきさつ》があったか知らねえが、そんなもんはどうだっていい。だが、弟が兄貴の寝首を掻こうとしてるのを知ったからにゃあ、黙っちゃいられねえ性分なんでな。おれが止めなきゃいけねえと、しゃしゃり出てきたってわけよ」

「…………」

秋房は、黙って菊之助を凝視している。

「このご時世、そんなつまらねえことに気を吐いてていいんですかい？」

「つまらんことだと……」

言ったのは、家老の山田であった。

「黙って、こやつの話を聞け」

言葉を止めたのは、秋房自身であった。少しは話の分かる秋房だと、菊之助は思った。

「秋房さん。あんた、刀の鋒を向ける相手が違うんじゃねえか。今は、あっちこっちの国が、この日本を攻めてきてるんですぜ。お大名が率先して、この国を守らねえでどうするんで？」

振袖を着た娘の格好をして、菊之助が国家存亡の危機を憂えている。

「この国が鎖国を解き、開国したらたちまち異人たちの言うがままとなって、国は相手の領土と化しちまうぜ。そんなときに、兄弟喧嘩などしている暇なんてあるんですかい？」

菊之助は、天下国家を論ずる器でも博学でもない。話は昨夜、貞門のもとを訪れて聞いた受け売りである。

「話は分かった」

すると、秋房の顔が穏やかになっている。だが、眉間に刻まれた険《けん》は消えていない。むしろ、残虐さが心根にある表情となった。

「命を懸けて、直談判に来た勇気は認めてやる。だが、望みはまったく聞き入れることはできん。そこまで知ったからには、生きて帰すわけにはいかん」

背後に気を向けると、家臣五人の手が刀の柄を握っている。先ほど以上の殺気を菊之助は感じていた。

「余が一言号令をかければ、家臣がそなたを取り囲む。大名家に押し入った賊として捕らえ、即刻その首を刎《は》ねる」

「分かったから、好きなようにしろな」

菊之助は胡坐を組んで、片肌を脱いだ。緋牡丹の彫り物が、汗に濡れ光沢を放っている。

「やっぱりきょうは、ぬけ弁天の命日だ。背中の弁天さまごと、とっとと斬りやがれ」

そして菊之助はもう片方の袖も脱いで、諸肌を晒《さら》した。そして座ったまま体を半回転させ、背中に彫られた弁天さまを秋房に見せつけた。

「いい度胸だ。ならば、望みどおり斬って進ぜよう」

秋房の号令に、五人の家臣と家老の山田が立ち上がった。そして、菊之助を取り囲む。そのうち三人が、抜刀して菊之助に刃を向けた。

「おい、おれに刃を向けるんじゃねえ、頭がクラクラする。おれは、何も得物をもっちゃいねえぜ。殺るんなら、ひと思いに居合いで斬ってくれ。晒はとっくに切ってあるぜ」

菊之助が、覚悟のほどを口にした。

「刀を納めよ。ここで斬ったら、部屋が汚れる。裏庭に連れてゆき、望みどおりひと思いに斬ってやれ」

秋房の命《めい》が下り、家臣二人が菊之助の両腕をつかんだ。

「汚ねえ手で、おれに触るんじゃねえ」

両腕を振るって、家臣の手を退ける。

「裏庭ってのは、どっちでえ。大人しく歩くから、案内しろい」

言って菊之助は、すっくと立ち上がった。五人の家臣に取り囲まれれば、抗《あらが》うことはできない。

「おれは死んでもかまわねえが、お家断絶となっておめえらも死ぬぜ。ああ、そのような手はずとなってらあ」

菊之助が、最期とばかり、精一杯のはったりをかました。

「殿、どうなされますか？」

怖気づいたか、家臣が伺いを立てた。

「そんなこと、虚勢に決まっておるから案ずるな。さっさと裏庭に連れていって斬ってしまえ」

滑川秋房の命令が、家臣に飛んだ。

往生際《おうじょうぎわ》が悪いと、菊之助はすでに無言となった。

——短い命だった。

と、本気で死を覚悟した。

五人の家臣に引き立てられ、部屋を出ようとしたところであった。

「待て」

若い男の声が聞こえ、反対側の襖が開いた。

「話は全部聞いたぞ、秋房。家老の山田を巻き込み、余を殺そうとしているそうだな」

言いながら入ってきたのは、藩主の滑川秋豊であった。仰天の眼で、秋房が睨みつけている。だが、秋豊の背後には、襷《たすき》に鉢巻を額に巻いた戦闘態勢の家臣が三十人ほど控えている。

片や、秋房の家臣は家老を含めて六人である。多勢に無勢である。

「まずはその娘……いや、男を解き放て。余の命令だぞ」

すでに、秋房一派は戦意を喪失している。すぐに、菊之助の囲みを解いた。

菊之助はさもあろうと、小石川の上屋敷に弁の立つ貞門と高太郎を向けていた。そして、藩主秋豊が自ら乗り出してきたのである。

「話は、この者の使いから聞いた。余を亡き者にするなどと、つまらん和歌を書きおって。あんな暗号なら、誰だって簡単に解けるぞ」

答が分かれば簡単だが、それを解く前は難しいものだ。その苦労を分かってくれと菊之助は思ったが、口に出すことでもない。

「この者が言うとおり、今はお家騒動を起こしている時ではない。国家一体となって苦難を切り抜けなくてはいけないのに、まだ秋房は血迷っているのか。そんなに藩主になりたければ、いつだって交代してやる。やりたいなら、これからおまえが大名だ」

言って秋豊が、腰に差した小刀を抜くと秋房の前に放り投げた。

「そいつは、滑川家当主としての御魂《みたま》だ。それを持つことにより、藩主となれる。欲しけりゃくれてやる」

がっくりと肩を落とした秋房に、秋豊が頭上から声を落とした。すると秋房の上半身が起き上がり、家宝の小刀を抜いた。袖で物打ちを包んでつかみ、鋒を自分の腹に向けている。

「この、大馬鹿やろー」

秋房に一番近いところにいた菊之助が、振袖の裾を翻《ひるがえ》して回し蹴りをくれた。これには、さすがの藩主秋豊も啞然とする。

「殿様だろうが誰だろうが、おれの目の前に刀の鋒を見せる奴は許しちゃおかねえ」

秋房の威勢は、ここまでとなった。

畳に頽《くずお》れる秋房に、秋豊が近づく。

「つまらぬことを考えるのではないぞ、秋房。誰が家督を継ごうが、もうそんなことで争う時代でない。世の中は動乱の真っ只中だ。こっちにも長州《ちょうしゅう》、薩摩《さつま》、会津《あいづ》などから誘いの手が伸びてきている。滑川家も一丸となって、気持ちを定めるときだ。そいつが、なぜ分からんのだ」

諭《さと》すような声音で、秋房に語りかける。それを見て、菊之助は静かにその場を辞すことにした。つっ立つ家臣たちを分けて、部屋の外に出たところであった。

「菊之助はん……」

滑川家家臣たちの背後から、上方弁が聞こえてきた。

「大家さんか？」

「よう、ご無事で……」

「どうしてここに？」

「心配で心配で、お殿様のあとにくっついてきたんですがな」

「そうかい。もう、片はついたぜ」

　このあと滑川家がどうなろうが、知ったことではない。ただ、殿様一人の命を助《すけ》たところに、菊之助の気持ちは晴れ晴れとなった。

「振袖を、お亀に返さなくちゃいけねえな。急いで帰ろうぜ、大家さん」

　帰りの道での、菊之助と高太郎の会話である。

「お亀ちゃんが、けったい長屋に一緒に来た理由《わけ》が分かりましたで」

「へえ、なんでだ？」

「わてと一緒になりたいんだと。どうやら、お亀ちゃんから惚れられたようでんねん」

「おれは驚かねえよ。大家さんなら、女も引く手あまただ。だったらお亀ちゃんも首を長くして待ってるだろ、急ごうぜ」

　吾妻橋を渡る菊之助と高太郎の足は、せわしなくなった。大川の流れは、この日も緩やかに江戸湾に向かっている。

# 第四話　賭け将棋の男

## 一

けったい長屋に、またまたけったいな人が住むようになった。

男と女ではあるのだが、年齢からして夫婦ではない。見た目、男のほうは八歳、女のほうは六歳くらいであろうか。十歳にも満たない子供であるのが、なんとも奇妙といわざるを得ない。

齢《とし》が定かでないのは、本当の年齢を当人たちすら分からないからだ。だが、二人が兄妹であるのは、会話から知れる。女の子は男の子を「お兄《にい》ちゃん」と呼び、男の子は女の子を「おはる」と呼ぶ。

親は、いない。いや、どこかにはいるのだろうが、兄妹は口を閉ざして、語ろうとしない。住んでいるところを訊くも、ただそろえて首を振るだけだ。

この兄妹が、なぜに宗右衛門長屋こと、けったい長屋に住むことになったのか。それは、三日前のことであった。

下谷幡随院《ばんずいいん》近くにある旗本屋敷でその日、長屋の住人である大工政吉は、営繕普請の仕事に取りかかっていた。

昼ごろから急に雲行きが怪しくなり、ポツリと降り出した雨が、やがて篠突《しのつ》く雨となった。

「――これじゃ仕事にならねえな」

昼をいく分過ぎたところで、政吉はこの日の仕事をあきらめることにした。仕上げの期日に間《ま》があることもあったが、一度気持ちが失せたら仕事に乗れない。丸太を組んだ足場は滑《すべ》るし、そんなことも相まって、半日で現場を切り上げることにした。

「すいやせん、きょうは仕事になりやせんので……」

屋敷の家人に断りを言うと、親切にも番傘を貸してくれた。いく分小降りになったところで、政吉は現場をあとにした。

上野と浅草をつなぐ新寺町《しんてらまち》の通りに出て、政吉は番傘を差して浅草諏訪町へと足を向けた。

廣徳寺《こうとくじ》前を一町ほど歩いたところに、下谷稲荷《いなり》がある。神社の入り口は朱塗りの明神鳥居が立ち、扁額には『下谷神社』と記されてある。境内は、さほど広くない。参道を少し入ると、二の鳥居が立ちその奥に社《やしろ》がある。

政吉が、一の鳥居の前を通り過ぎようとしたときだった。神社の奥から、子供のすすり泣く声が聞こえてくる。雨音にも紛《まぎ》れ、かすかであったが、政吉には確かに聞こえた。

「……お狐《きつね》さまかい」

稲荷神社だけに、子狐の鳴き声と政吉は意にも介さずというより、不気味さも宿って速足で前を通り過ぎようとした。だが、ふと立ち止まったのは、泣き声とは異なる、叱り声が聞こえてきたからだ。

「おはる、なくんじゃねえ」

明らかに、男の子供の声である。

土砂降りの雨の中、神社の中に子供がいるというのがなんとも奇妙である。政吉は、尋常でなさを感じ、一の鳥居を潜《くぐ》った。石畳の参道を十間ほど入ると、二の鳥居がある。政吉は、一つ拍手《かしわで》を打って二の鳥居も潜った。

社の拝殿は高床式で、縁の下が三尺ほど上がっている。子供の声は、床下の奥から聞こえてきた。

「誰かいるんかい？」

政吉は、暗い縁の下に向けて声を投げた。

雨音が声を消すか、返事は聞こえてこない。

「いたら、返事しな」

政吉は再度、さらに声音を大きくして飛ばした。それでも、声は返らない。息を殺しているようにも、感じられる。

政吉は、雨に濡れながら腰を落とした。縁の下をのぞくと、四つの目が光って見える。すわ、お狐かと政吉は怯《ひる》んだが、よく見ると、ぼんやりとだが二人の人影であった。それも、子供に見える。

「……出てこいと言っても、聞きはしねえだろうな」

それならばと、政吉も縁の下に潜《もぐ》ることにした。屈めば、大人でも充分入り込むことができる。足を折り、腰を折って政吉は縁の下に体を入れた。番傘を畳むとき、かなり濡れたがお構いなしだ。

「俺も雨宿りがしたいんでな、邪魔するぜ」

「じゃますんなら、出てって」

「はいよ……」

言って引き返そうとするのを、政吉は止めた。

「そうはいかねえよ。また、雨が強く降ってきたんでな、止むまでここにいる」

蜘蛛《くも》の巣を手で払いながら、二人の影に近づいていく。そこではっきりと、政吉は男と女の子供であることを認めた。「こわい」と言って、女の子が、奥へと後ずさる。

「近よるんじゃねえ」

男の子が、精一杯の威嚇をする。

「何も、おっかないことなんかねえよ。俺は大工の政吉っていうんで。この雨じゃ仕事もできねえんで、半ちくにして家に帰《けえ》るところだ。番傘も役に立たねえから、俺にも雨宿りをさせてくれってことだ」

政吉が優しく説くも、返事はない。まだ警戒を怠ってなさそうだ。

「西の空が明るくなってきたから、もうすぐ止むんじゃねえかな」

そこに、地を割るほどの大きな雷鳴が轟《とどろ》いた。稲光が縁の下まで届き、一瞬だが子供の姿が浮かび上がった。男の子は政吉を睨みつけ、女の子は雷鳴に耳を塞いでいる。縁の下は再び、暗闇となった。

「……かなり幼い子供のようだ」

虚勢を張る男の子の声で、十歳を超えていると思ったがそうでもないようだった。二人の様子から、二、三歳は下に見えた。女の子はさらに下で五、六歳といったところだ。

ただの雨宿りではないと、政吉は思った。そこに、さらなる雷鳴が轟き、同時に稲妻が走った。ごく近くに、落ちたらしい。めりめりと、樹木が割れる音まで聞こえてきた。

稲光は、政吉にもう一つの答をもたらせてくれた。子供たちのそばに、残飯が落ちていたからだ。

「……宿無し子か？」

どうやら、この縁の下を塒《ねぐら》としているらしい。

「……このまんまじゃいけねえな」

政吉の呟きは、子供たちの耳には届いていない。なんとかしてあげなくてはとの気持ちが、政吉に湧いてきた。

真っ暗といっても、外は昼間である。目も慣れてきたとあって、政吉にも子供たちの姿がはっきりととらえられるようになってきた。

そこに、女の子の声が届く。

「おにいちゃん、おなかがすいた」

年端《としは》のいかない女の子である。兄に向けて駄々をこねた。いや、兄ではなく、政吉に向けてであろうか。兄にかこつけ、見知らぬ人への哀願と政吉は取った。子供ながらも、直《じか》には言い出せないものだ。恥ずかしさと遠慮が、声音に混じり合っている。

「そうだ……」

政吉は、昼飯を摂《と》っていない。道具箱は普請場に置いてあるが、仕事着や半纏《はんてん》などは頭陀袋《ずだぶくろ》に入れて持ち歩く。そこには、昼飯の弁当が入っている。女房のお玉が、早起きをして作ってくれたにぎり飯である。政吉は袋の中からにぎり飯を包んだ経木《きょうぎ》を取り出すと、その場で開いた。

政吉は大食いだから、大き目のにぎり飯がちょうど三個ある。

「一つずつ食えるな。どうだ、食わねえか？」

言いながら、政吉は経木ごと差し出した。すると、女の子の右手が伸びる。

「やめろ、おはる」

にぎり飯に手が届くところで、兄の叱咤が飛んだ。

「おはるちゃんていうのか。あんちゃんはああ言うけど、遠慮なんかしねえでいいんだぜ。俺もこんなには食えねえから、誰かに食ってもらわねえと捨てちまうことになる。それじゃ、米を作ってくれたお百姓さんに、申しわけねえだろ」

政吉が言い終わると同時に、グゥーと腹の虫が鳴く音がした。

「あたいじゃないよ」

今の音は、兄の腹からだと、おはるが訴えた。

「そんなやせ我慢をしねえで、いいから食え」

政吉は、もうひと押ししてにぎり飯を勧めた。ゴクリと咽喉《のど》が鳴るのが聞こえる。

「……よほど腹が空いてるんだろ」

呟きながら、政吉は考える。

――この子らの親は、何をしてるんだい？

いや、両親とは死に別れたのかもしれないと、政吉は頭によぎらせた。

「俺は食っちゃうからな」

政吉は、手に持つにぎり飯を齧《かじ》りはじめた。むしゃむしゃと、わざと大きく音をたてて咀嚼《そしゃく》する。

「ああ、うめえ。こんなうめえもん、他人《ひと》には本当はくれたくねえんだ。いらねえなら、俺がみんな食っちまうぜ」

政吉が、言い終わらないうちに、経木に載ったにぎり飯は二つともなくなっていた。

そして、もぐもぐと食す音が聞こえる。

「どうだ、うめえか？」

政吉の問いに、二人のうなずく様子が見えた。

「そうか、そいつはよかった」

雷鳴が遠ざかっていく。それとともに、外は明るさが増してきて、雨が小降りとなっている。

雨が止んだら、政吉は縁の下から出ていくつもりだった。だが――。

「おまえたち、ずっとこんなところにいるのか？」

子供たちを、このままにしておくわけにはいかないと、政吉が声をかけた。しかし、子供たちからの返事はない。もっとも、政吉とてこの先どうするかとの考えは浮かんではいない。だが、なんとかせねばとの思いはある。とにかく、子供たちを縁の下の生活から抜け出させなくてはならない。

何か、いい知恵はないかと考えをめぐらす。すると、政吉の脳裏をよぎったものがある。それは、いつも聞き慣れている男おんなの声であった。『ぬけ弁天の菊之助たぁおれのこと……』そんな、啖呵《たんか》を思い出した。

「菊之助さんがいたじゃねえか」

それと『えらいこっちゃなあ』が口癖の、大家高太郎の上方弁《かみがた》。

「……大家さんにも、相談をかけてみるか」

この呟きでもって、政吉の気持ちは決まった。

「よかったら、俺と一緒に来ねえか？」

ここにも、黙って見過ごせない、けったい長屋の人のよすぎるけったいな男がいた。

「おじちゃんと……どこに行くんだ？」

男の子が、初めて口を利いた。

「俺が住んでいるところだ。少なくとも、こんなところよりはましだぞ。蜘蛛の巣なんてねえからな」

「おにいちゃん、おじちゃんといっしょにいこ」

妹のおはるが哀願する。誰だって、こんな生活から抜け出したいのは当たり前だ。

「わかったよ、おはる。しょうがねえな」

子供にしては、ひねたもの言いであった。

どうやら雨は止んだようだ。雨音がしなくなり、外は日が差してきた。

「外に出ようか？」

政吉の誘いに「うん」と「はい」が、同時に返った。

二

諏訪町まで帰る途中、政吉は二人の名を聞いた。

「名が分からなくちゃ、話しづれえな」

妹はおはると言っていたが、政吉は改めて問うた。

「妹の名はお春《はる》っていうんだ。春に生まれたからだろうよ」

どうも、言葉がこまっしゃくれている。甲高い声音さえなければ、大人と話しているようだ。

「それで、兄ちゃんはなんていうんだ？」

「おいらは豊吉《とよきち》。むずかしい字なんで、おいらにゃ書けねえ」

「まあ、気にするな。俺だって字は書けねえけど、ちゃんと生きている。釘を打《ぶ》つのに、字など関係ねえからな」

三人が、横並びとなって寺町通りを浅草に向けて歩く。

「……それにしても、汚ねえ形《なり》だな」

不思議なことに豊吉とお春の姿は、さほど酷くはない。髪《かみ》は乱れているが、着ている物に、さほど汚れがない。ずっと着たきり雀だったならば、着物の柄《がら》が見えないほど汚れにまみれているはずだが生地に破れもなく、縁の下にいた泥の汚れがついているだけだ。洗えば、落ちそうな汚れである。

これだけで、浮浪生活が長くないことが知れる。

当初は、親と死に別れ孤児となったと思ったが、政吉はそれを撤回した。だが奇妙なのは、二人ともガリガリに痩せていて、かなり育ちが悪い。きちんと食事にありつけてなさそうだ。

――これは、かなり深い事情《わけ》があるな。

と、政吉は子供二人に感じた。だが、ここでそれを問うことはない。とりあえず長屋に連れていき、その後のことは菊之助と高太郎に任せようと、政吉は考えていた。

長屋に着くと、政吉は真っ先に菊之助の家を訪ねた。

雨が降ったあとは道がぬかるみ、着物が汚れると、具合よく菊之助は出かけずにいた。

「おう政吉、もう帰ってきたんか。雨で、仕事が半ちくにでもなったかい……ん、その子たちは……?」

障子戸を開け、政吉に一声かけるとその背後にいる子供たちに気づき、菊之助の顔が向いた。子供たちの、貧相な形《なり》に菊之助は驚く目を向けている。子供たちも、菊之助の白と黒の市松模様が描かれた、派手な小袖を纏う傾《かぶ》いた姿に、目を瞠《みは》っている。互いに驚く目で、睨めっこをしているような様相となった。

「ちょっと、入らせてもらっていいですかい？」

「ああ、入りなよ」

六畳の狭い座敷で、菊之助は話を聞くことにした。

政吉から経緯を聞くと、菊之助はしばらく考えに耽《ふけ》った。その様子を、子供たちは不安げに見やっている。また、稲荷神社の床下に潜らなければいけないのかと、そんな気持ちがこもるような、豊吉とお春の眼差しであった。

おもむろに、菊之助の顔が子供たちに向いた。

「豊吉とお春の家はどこなんだい？」

口調優しく問う。

「………」

しかし、二人とも首を振って答を拒む。

「言いたくないのか。だったら、親はどうした？」

この問いに、二人の首の振りが激しくなった。声にしての答はないものの、どうやらそこに深い事情が隠されているものと、菊之助は踏んだ。

「とにかく、この二人に塒を作ってやらんとな。その間に、親を捜し……」

「いや、それだけはやめてくれ」

豊吉が、激しい口調で菊之助の言葉を止《と》めた。見た目は子供だが、その口調は大人びている。

「やめてくれって言ってもな、ずっとここに住まわすわけにもいかないだろ。黙っておいたら、こっちが拐《かどわ》かしでお縄になってしまうからな」

「だったらおいらたち、出てく」

「出てくって、どこにだ？」

「また、神社の下にもどる。夜は寒いけど、お春があったかいのでだいじょうぶだ」

「あったかいってな……」

稲荷神社の床下で、二人が抱き合って寒さを凌《しの》いでいるところを想像したか、菊之助の言葉が詰まった。

「ねえ、菊之助さん。なんとかしてあげねえといけねえでしょ」

「ああ、まったくだ」

政吉の言葉に、菊之助がポツリとした口調で返した。

「よし分かった。ぬけ弁天のこのおれさまが、なんとかしてやる。もう、野良猫みたいな真似をしなくていいぞ。そうだ、お亀もいなくなり隣が空いてる。そこに住んでたらいいや」

大家高太郎の返事も聞かず、菊之助は勝手に子供たちの住まいを決めた。

「頓堀屋さんの、許しを得ないでいいんですかい？」

政吉が、不安げに口にした。

「長屋の大家が一番嫌がることはだね、政吉さん。空き家があることなんだよ」

菊之助の口調が変わる。何か、考えがありそうな様子となった。

「でも、この子たちでは店賃《たなちん》が……」

「そんなこたあ、おめえが心配することではないさ。だいいち、大家さんが駄目だというわけがないからね」

「どうして、そんなことが……？」

「あんたも、しつこいね。まあ、あとはこっちに任せときな」

「よし、あっしはもうつべこべは言わねえ。菊之助さんに、この子たちは任せやしたぜ。よかったなあ、二人とも」

政吉が振り向いて言うと、「うん」と「はい」が、同時に返った。

「だったらすまないが政吉、ここから出たついでに、大家さんを呼んできてくれないか。おれは、この子たちと話をしたいんでね」

「へい、分かりやしたぜ。ちょっくら呼んできまさあ」

子供たちの今後は、政吉から菊之助の手に委ねられた。


しばらくすると、大家の高太郎がやってきた。

「今度は子供ですかいな。政吉はんに聞きますと、なにやら下谷稲荷の床下にいたってことでんな」

「ああ、そうらしい。親のもとに帰そうと思うんだが、何も喋っちゃくれないんでな、とにかくしばらくはここで面倒をみようと思ってる。そんなんで、隣に住まわすことに決めた」

「決めたって、あんさん。勝手に決められても……」

「困るとでも言うんかい？　この、人でなしが！」

菊之助が、高太郎に一喝《いっかつ》見舞った。

「なにもあんさん、そんな怒ることは……まったく敵《かな》いまへんなあ。誰も、駄目だとは言うてまへんで」

「だったら、なんで勝手にって言うんで？」

「子供たちだけで住まわすには、御番所に届けがいりまんがな」

「そんなのは、いらねえ」

「あんさんがいらなくても、お役人のほうでいるんですがな。人別帳《にんべつちょう》に書き込まなあ、あきまへんからな。身元が分からないってのは、これは難儀でっせ」

「なんで、難儀なんで？」

「ですから、今言った人別帳に……」

「だったら、このおれが身元引受人になろうじゃないか。それなら、文句あるめえ？」

「仕方ありまへんなあ。菊之助はんだって、身元がはっきりせえへんけど。でしたら、あんさんの甥《おい》っ子と姪《めい》っ子ってことにしときまひょ」

かくして豊吉とお春は、菊之助の隣に住むことになった。夜具は、長屋の住人たちが余ったものを持ち込んでくれた。

「これで、温かくして寝られるな」

もう、抱き合って寝ることはないんだと、菊之助はほっと安堵した口調で言った。

けったいなほど、心優しき人々が住む長屋である。

痩せ衰えて、血色がよくなかった豊吉とお春は、かみさん連中から差し入れられたものを食し、顔色が見違えるほどよくなってきた。しかし、汚れた着物を着替えさせたおときから、こんな話があった。

「――ずいぶんと体が痩せていてね、よほどひもじい思いをしていたんだね。そればかりじゃないんだよ。二人とも、体のあちこちに打《ぶ》たれたような痣《あざ》ができてるのさ。あれは、手で叩かれたんじゃないね、棒かなんかで受けた傷だよ」

それを聞いたとき、菊之助はぐっと詰まるものがあった。

「子供の虐待か。酷《ひで》え親だ、勘弁ならねえ」

顔を顰《しか》めた苦渋の表情となり、ギリギリと歯を軋ませて答えたものだ。それでも豊吉とお春は、親については、ずっと頑《かたく》なに口を閉ざして語ることはなかった。

菊之助は、兄妹が見つかった下谷稲荷界隈の町屋を当たってみたが、どこにも豊吉とお春の名に覚えがある人はいなかった。

三

三日経っても、子供たちのことで知れるのは豊吉とお春という、名だけである。

齢は？　住まいは？　親の名は？

いく度訊いたか数えきれない。生まれた日にちすら、兄妹そろって知らないという。

住まいと親については、首を振って口を噤《つぐ》む。

菊之助は、どうやって身元を調べようかとずっと考えていた。だが、番所に届けを出し、役人に頼ることはしたくなかった。

どんな事情があるか分からないが、できるなら、親元にすんなりと帰してあげたかった。もっとも、両親が生きていればの話だが。ただ、二人の姿からすると、両親が生きている公算はかなり高いと、菊之助は見ていた。

豊吉とお春が長屋に住みはじめて、四日目の朝方であった。博奕《ばくち》打ちの銀次郎が、菊之助のもとを訪ねてきた。

「おい、いるかい？」

銀次郎の声を菊之助は寝転びながら聞いた。横になって、豊吉お春の兄妹のこれからを考えていたところであった。

「銀次郎か？　入りな」

菊之助が声を返さなくとも、戸口を開けて銀次郎はすでに上がってきている。

「珍しいな、こんな朝早くに銀次郎が起きてるなんて」

朝が早いといっても、朝五ツを報せる鐘が鳴って、半刻近くは経っている。

「ああ、ゆんべも賭場《とば》があってな、明け方に帰ってきた。いつもなら寝てるんだが、そうも言っちゃいられねえと思ってな」

「何か、あったかい？」

「ああ。隣にいる子供たちのことなんだが……」

「子供たちが、どうかしたか？」

銀次郎も、二人の子供のことは知っている。長屋の住人たち全員に、何か気づいたことがあったらと報せてくれと、話しておいたからだ。

「ああ、もしかしたらと思ってな」

「賭場で、何かあったのか？」

博奕打ちといっても、銀次郎は張り方ではなく、賽壺《さいつぼ》を振る壺振り師である。

「きのうの夜のことなんだが、下谷車坂《くるまざか》にある黒門《くろもん》一家の賭場でな……」

銀次郎が、賽壺を振ってたときのことが語られる。

「賭場には珍しい、夫婦連れの客が来たんだ。齢《とし》のころなら三十でこぼことといったところか。これまで俺は二、三度しか壺を振ったことがない賭場なんで、今まで見かけたことがない。だが、夫婦の様子ではけっこう賭場に出入りしているみてえだった」

銀次郎の話に興が乗るか、菊之助の体が前に傾きを持った。聞き入ろうとの姿勢である。

「その夫婦に、きのうはつきが回っていてな、けっこう駒札を積んでいた。あれだと、少なくても十両は儲けが……」

「それで、どうした？　どうも銀次郎の話はまどろっこしくていけないね。要件だけ言いなよ」

夫婦が博奕で儲けたかどうかなんて、どうでもよい。菊之助は、肝心なところを促した。

「それでな、その二人がどうも子供がいるようなことを匂わすんだ」

「そりゃ、夫婦だったら子供くらいいるだろうに」

「菊之助こそ、話の腰を折るんじゃねえ。言いてえことを、忘れちまう」

「そりゃすまなかった。それで……？」

「俺の勘だが、その二人ってのがどうやら豊吉とお春の親じゃねえかと思ってな。そんなんで……」

「そいつを、先に言わねえか。その夫婦ってのは、どこのどいつで？」

銀次郎の話を途中で止めて、菊之助が、片膝を立てて勇み立つ。居所を聞いたら、すぐさまにも向かおうとの勢いであった。

「黒門一家の奴に訊いたんだが、それが、池之端《いけのはた》で小料理屋を営む亭主と女将《おかみ》らしいんで」

「小料理屋の亭主と女将だって？　それじゃ、夜は仕事だろうに。博奕場なんかに顔を出してる暇があるんかね？」

「俺に訊いたって分からねえよ。知りたきゃ、行って本人に訊けばいいだろ」

「そりゃそうだ。だったら、これからすぐに行ってみる。上野池之端だな、なんという屋号か分かるか？」

「いや、そこまでは分からねえ。ただ、亭主が女のほうをお加代《かよ》って呼んでたな」

「ありがとよ」

言って菊之助は、すっくと立ち上がった。

「役に立てばいいけどな」

銀次郎は要件を語ると、眠いと言って塒へと戻っていった。

着替えを済ませ、すぐにも出かける形《なり》が整った。菊之助の、出かけの形は派手である。女物の派手な半襟をこれ見よがしに見せつけ、この日は菊と桜が絡んだ丸模様の小袖を纏い、それを市松模様の角帯で留めている。傾《かぶ》いた遊び人の姿である。

隣に住む豊吉とお春には、むろん黙っていく。まだ、銀次郎が言ったその二人が親だという確証は、どこにもないからだ。それを確かめに、これから池之端まで出向くのである。

上野不忍池《しのばずのいけ》沿いに、池之端仲町《なかちょう》がある。池之端といえば、たいていはその一帯を指す。小料理屋の屋号までは分からないものの、さして広くない地域である。二、三か所で訊けば、すぐに処は分かるだろうと菊之助は踏んだ。

「……どうりで下谷稲荷界隈を探しても、見当たらないわけだ」

池之端と下谷稲荷では、二十町ほどの隔たりがある。その近在の町屋を、菊之助は訊ね歩いていた。

この三日間が無駄足だったと、菊之助が悔いたかというとそうではない。なんでも、前向きに考える男だ。

「人は歩かないと、すぐに足腰が衰えてしまうからな」

と、普段から年寄りみたいなことを言っている。

池之端は下谷広小路に近く、上野寛永寺《かんえいじ》にも近いとあって、煮売り屋とか小料理屋が軒を並べ、飲食店が多い地域である。

その半分くらいが、朝のうちはまだ暖簾《のれん》を下ろして閉まっている。店を開けていないのは、ほとんどが酒を主体に出す店である。

菊之助は、店が開いている煮売り屋に入った。朝めしもまだで、ちょうど空腹だったこともある。食事時を外れていることもあり、店の中には客が二人しかいない。そこに、菊之助が加わった。

鰯《いわし》の丸干しは口の周りが脂ぎると、塩鮭《しおじゃけ》の定食を注文する。

「ちょっと、訊くけど……」

注文を取りに来た、店の娘にさっそく問うた。

「このあたりに、二人の子供を抱えた小料理屋はないかい？」

「二人の子供ですか？　そんな小料理屋さん、聞いたことないですね」

首を傾げながら、娘は答えた。

「そうかい。だったら、三十歳前後の夫婦で営んでいるって、小料理屋は……？」

「どこもほとんど、ご夫婦でやっています。ご亭主が板場で、女将さんが店に出て。その中にも、若い夫婦の店が数軒あります……何か、あったのでしょうか？」

菊之助の、派手な衣装に娘の訝《いぶか》しげな顔が向いている。怪しい気配を感じているようだ。

「いや、なんでもないんだ。早く、塩鮭もってきてくれないか。腹が減ってる」

「かしこまりました」

と言って、娘は板場へと向かった。「塩鮭定食いっちょう」と、声が聞こえた。

子供を抱えた小料理屋なんてのは、さほど多くなかろう。それと、娘は界隈の店に詳しそうだ。ならば、子供たちのことも知っているはずだ。そうなると、銀次郎の話は違ったかと、菊之助は肩透かしを食らった思いとなった。だが、それで銀次郎を恨んだりはしない。なんの根拠もなくて、いい加減なことを言う男でないのを知っているからだ。

「どこか、考えに足りないところがあるな」

菊之助には、なんでも先に決めつけてしまう癖がある。深読みということができないのが、自分でも欠点だと思っている。口よりも、手のほうが早いのは子供のころから変わらない性格である。昔はそれが、暴力という形で現れていたが、このごろはそこに分別というものがついている。

どこが足りないのか、塩鮭の定食が出来上がるまで、菊之助には考える間があった。

「ちょっと、訊き方が悪かったか。そうだ、銀次郎はお加代って名を口にしてたな」

語りかけるのは、自分に向けてである。そこに、娘の声が届いた。

「お待ちどおさま」

塩の吹いた、塩辛そうな切り鮭が皿に載っている。それに丼飯と、沢庵《たくあん》の香々《こうこう》が三切れ、そして蜆《しじみ》のおみおつけが湯気を立てている。食欲がそそられる膳を目の前にして、菊之助の腹の虫がグーと鳴いた。

空腹を我慢して、いま一度娘に問う。

「忙しいとこすまんけど、さっきの小料理屋のことで。そこの女将の名はお加代とかいうんだけど、覚えはないかい？」

「さあ……あたし、五日ほど前に雇われたばかりで、そこまで詳しくはないんです」

と言って、娘は下がっていった。

「だったら、それを早く言えっての。つまらねえ気を遣っちまった」

二度ほど塩鮭に箸をつけただけで、丼半分の食が進む。それだけ塩辛い鮭の切り身であった。菊之助は、丼めしを二杯おかわりし、三十文の代金を払って店を出ようとしたところであった。

「ちょっと、待ちねえ」

背後から声をかけられ振り向くと、五十歳前後の男が立っている。小袖を襷《たすき》がけにして、腰に前掛けをしている。

「お客さんかい、お加代のことを訊いたってのは？」

煮売り茶屋の亭主が、板場から出てきて菊之助に声をかけた。

「さいですが」

「だったら、も一度腰をかけねえかい」

前掛けを解いて、菊之助を長床机《ながしょうぎ》に誘った。

「昼まではちょっと手が空くんでな……お加代のことを訊きにきたんかい？」

「ええ、そのとおりで。ご主人は、お加代って人を知ってますんで？」

わざわざ板場から出てきて、引き止めたのである。かなりのことが聞けそうだと、菊之助は浮き足立った。

「ああ……なんで、ああなっちまったか」

その第一声で、お加代という女はかなりの事情を抱えているものと、菊之助には取れた。

「詳しく、話を聞かせてもらえんですか」

菊之助の催促に、亭主は小さくうなずきを見せた。

「その前に、なんでお加代のことを訊きたいんで？」

「ちょっと、そのお加代って人の子供らしいのと、関わりを持っちまいまして」

「お加代の子供らしいってか……？」

亭主の表情が、にわかに変わった。眉間に皺《しわ》を寄せ、口がへの字に歪んでる。

「どんなことか、手短に話してくれねえか。忙しくなるまで、四半刻もねえもんでな」

「さいですか。実はですね……」

菊之助は、豊吉とお春の一件を語り、その親を捜している旨を端的に語った。

「そうだったかい。だったら、その子らの親はお加代に、間違いねえな」

今朝聞いた話で、こんなに早く突き当たるとは思ってもいなかった。親の居所さえ知れれば、あとはなんとかして子供を元の鞘に戻すだけだ。さほど、難しいことではないと、菊之助は高《たか》を括《くく》っていた。

「せっかく来てくれたってのに……」

それを打ち崩す言葉が、次の亭主の話にあった。

「えっ、どういうことで？」

「半月ほど前に、お加代は店を畳んでどっかに行っちまったよ。豊吉とお春を捨ててな」

「なんですって？　詳しく、話してはもらえませんか」

「話すと長くなる。そうだ、昼八ツどきにまた来てくれねえか。そしたら、ゆっくり話せる」

早く話を聞きたかったが、亭主にだって都合がある。これから、昼の仕込みに入るのであろう。四半刻は暇があると言っていたが、それでは足りないほどの話が聞けるものと菊之助は取った。

「分かりました。そのころまた、昼飯を食いに来ます」

「ああ。そのときに詳しく話をしようや」

昼八ツには、二刻ほど間がある。待ち遠しい間合いであったが、それまでどこで時を過ごそうかと菊之助は考えた。

# 四

煮売り屋を出ると、菊之助は不忍池のほとりに立ち対岸を見やった。

すると、池に張り出した出島の中にお堂が見える。天龍山妙音寺生池院《てんりゅうざんみょうおんじしょうちいん》の弁天堂である。

「弁天堂か」

菊之助は、その土地々々で弁天様が祀《まつ》られる祠《ほこら》があると、必ずお参りすることにしていた。時を過ごすのに、ちょうどよい間もちである。菊之助は、不忍池を半周して、出島へと向かった。

将軍家菩提寺の寛永寺に通じる御成道《おなりみち》の三橋《みはし》を渡り、正面口である黒門を目にして、左に分かれる道がある。不忍池のほとりを歩く。弁天堂に通じる参道の脇には、茶屋が立ち並んでいる。かつては料理屋や水茶屋であったものが、いつしか男女の逢瀬《おうせ》を受け入れる、出会い茶屋となって軒を並べている。

紫《むらさき》や弁柄《べんがら》色の長暖簾《のれん》が垂れ下がり、ずいぶんと艶《なまめ》かしい意匠が施された店の前を、菊之助は、前方を見据えて歩いた。まだ、昼にも達していない刻限に、手と手をつなぎ暖簾を潜る男女客がいる。そして、逢瀬を楽しんだか顔を火照《ほて》らせながら、暖簾の中から出てくる二人連れもいる。横目でのぞくと、片割れに紫の水木《みずき》帽子が被《かぶ》せられている。役者の、女形《おやま》の姿である。片方は、中年の恰幅のよい武士である。人相が分からぬようにと、深編み笠を被っている。

「……もっと、堂々としやがれ」

菊之助は、武士を嘲《あざけ》るように呟いた。そこに、うしろから肩を叩く者がいた。

「誰でえ」

いきなり叩かれ、驚く菊之助が野太い声で返した。

「なんでえ、男かい」

どうやら、うしろ姿の菊之助を女と間違えたようだ。菊之助が男と分かると、足早に去っていった。

弁天堂を参拝しての、戻り道であった。

一軒の出会い茶屋から、一組の男と女が出てきた。ご多分に漏れず、一夜の余韻が残る雰囲気を醸し出している。あまり見てはならぬと、菊之助は池のほうに目をやっている。目は追わぬものの、声は聞こえてくる。その、かすかに聞こえる話し声を、菊之助は拾った。

「きのう、しこたま儲けたおかげ……」

「ああ。たまにはこういうとこでやるのもいいもんだな」

男女に目を向けると、銀次郎が言っていた三十でこぼこである。その話と附合し、菊之助は「……もしや」と、心のうちで呟いた。

寄り添って歩く男と女を、十間ほど離れてあとを尾《つ》けた。だが、それが違うと分かったのは間もなくである。

参道から不忍池を巡る道に出ると、男と女は他人目《ひとめ》を避けるように離れて歩く。さらに、下谷広小路の大通りに出ると、右と左に道を分かれた。

菊之助は、女のほうを尾けた。豊吉とお春の母親だとすれば、何かそのような気配が漂うものだ。菊之助は、それを見取りたかった。

すると女は、上野山下門前町の蠟燭屋《ろうそくや》の前に来ると立ち止まり、髪の毛の乱れを気にするか、手櫛《てぐし》で直すと何食わぬ顔をして店の中へと入っていった。

「ご新造《しんぞ》さま、お帰りなさいませ」

「ただいま。神田《かんだ》のお父っつぁんはなんともなくて、安心したわ」

「それはようございました。旦那様が、お待ちかねです」

一夜の不義を、実家への帰省になぞらえている。

「……なんでえ、密通ってやつかい」

奉公人と内儀《おかみ》の話を立ち聞きし、菊之助はその場を離れた。


昼八ツまでが、待ち遠しく長かった。

めったに来ない下谷広小路を行ったり来たりして、菊之助は時を過ごした。日が西にいく分傾くのを目処に、池之端へと向かった。

朝めしが遅く、昼を摂るのにちょうどいい時分である。再び同じ煮売り屋に入った。昼下がりなので、店は空《す》いている。それでも、まだ数人はいるので、亭主を呼び出すことはできない。菊之助は何を頼もうかと、壁に貼ってある品書きを眺めた。

「いらっしゃいませ。あら、先ほどのお客さん……」

朝方の娘が、注文を取りに来た。

「ご主人は、まだ手が空かないよね？」

「ええ、あと四半刻はまだ。お客さんがいなくなったら、暖簾を下ろして夕方までお店を閉めます」

「それまで、蕎麦《そば》でも食べて待つとするか」

壁に貼ってある品書きに『これはうまい　手打ちそば　大もり三十文』とあるので、

菊之助はそれを頼んだ。

歯に粘りつき、たいしてうまくない蕎麦であったが、菊之助は我慢して食べた。

「こいつは、うまいな」

話を聞く手前、お世辞の一つもかけなくてはならない。

昼八ツを過ぎ、客は菊之助一人となった。娘が暖簾を下ろしに外へと出る。ようやく主人の話が聞けるかと、菊之助は気構えたところで娘の声が聞こえてきた。

「いらっしゃいませ」

二人連れの客が入ってきて、菊之助はガクッと膝が折れる感覚を味わった。

「……ばかやろめ」

客を恨むも、声には出せない。あと、四半刻は待ちそうだ。

「お茶を飲んで、待っててね」

娘が、茶を淹《い》れてくれたことが救いであった。

客が帰り、菊之助一人が残った。

やがて、襷と前掛けを取り、着流し姿となった主が板場から出てきた。

「待たせて、すまなかったな」

「いや、とんでもない。こちらこそ、忙しいところ……それで、さっきのつづきなんですが」

「お加代のことだったな」

にこやかだった主の顔が、にわかに歪みをもった。

「ここから四軒先の店が、お加代がやってた小料理屋だ。亭主と一緒にやっていて、それは評判のいい店だった。お加代も気立てがよくてな、子供二人を抱えながらも働き者だった」

「その子供というのが、豊吉とお春で……」

「ああ、そうだ。豊吉ってのは妹思いで、素直な子だ。仕事が忙しくて、子供のことをあまりかまうことができないと、お加代はこぼしていた。だが、豊吉はお春の面倒を見て、親に心配をかけさせない子だった。不忍池のほとりで、あの兄妹が遊んでいるのをよくみかけたもんだ」

遠くを見つめるようにして語り、主は茶を一口ズーッを音を立てて啜った。菊之助は、つづく語りを黙って待った。

「三月《みつき》ほど前に、お加代の亭主が死んだのが転落のはじまりだった」

「なんで、亡くなったので？」

黙って話を聞こうとしていた菊之助は、訊き返さずにはいられない心境となった。

「与太者《よたもの》らしいのに絡まれてな、つまらねえ喧嘩でだ。匕首《あいくち》で、一突きされてお陀仏ってことよ。人の命なんて、あっけねえもんだ」

「それで、殺《や》った奴は捕まったので？」

「いや、それが未だもって捕まっちゃいねえ。御番所も、だらしねえもんだぜ」

主の言う御番所とは、町奉行所のことである。

「でしたら、なんで与太者との喧嘩だと分かったので？」

「その喧嘩を見たのは俺なんだ。もっとも見たんじゃなくて、聞いたってことだがな。夜も四ツ近くになっての暗い中だったんで、声しか聞こえてこなかった。池のほとりで、俺はたまたまそのいざこざを拾っちまった。今、与太者とのつまらねえ喧嘩と言ったが、本当はそうじゃねえんだ」

「どういうことですか？」

「これはお役人にも黙っていたことなんだが、豊吉とお春のことを面倒見てくれているると知って、あんただけに話すんだが、お加代には亭主とは別に男がいたみてえだ」

「男が……？」

菊之助は、弁天堂に通じる参道に立ち並ぶ、出会い茶屋の風情を思い浮かべた。

「あのとき、お加代の亭主が『――俺の女房に手を出すんじゃねえ』と、怒鳴ってた。そのすぐあと、『ぎゃっ』と変な声がしたと同時に走り去る足音がした。俺が恐る恐る近づくと、亭主が倒れてた。それで、すぐに番所に……」

「なぜにそのことを、役人に話さなかったので？」

「豊吉とお春のことを思ったら、話せるわけねえだろ。母親が、不義密通してたなんてな。なので、与太者との喧嘩ってことにしておいた」

「なるほど」

菊之助は、不本意ながらも納得せざるを得なかった。

「亭主が死んで、お加代は一月《ひとつき》ほど気落ちしていた。いや、そんな素振りをしていたんだろうよ。そして、新たに板前を雇って店を再開した。だが、商売に身が入らないのか、客足はまったく途絶えてとうとう店を閉めた。そして半月前、お加代は豊吉とお春を残して池之端から姿を消した」

「男のもとに奔《はし》ったのですかね？」

「それは分からねえが、多分そうだろう。残された豊吉とお春はそれから十日ほど二人きりでいたが、とうとう我慢できず、母親を捜しに家を出てさ迷い歩いてたんだろうな。あんたさんのところにいると聞いて、俺は心底ほっとしている。それで、話す気になったってことよ」

「そういうことでしたか。ところで、一つだけご主人に訊いておきたいことが」

「どんなことで？」

「豊吉とお春の体には、相当に叩かれた傷が。虐待されてたってことはないですかね？」

「だとすると、お加代が叩いたってことになるな。ならば、子供の悲鳴が聞こえるはずだが、そんな声は聞いたことがないな。もっともここからは、少し離れてるんで、聞こえなかったのかもしれねえ。だったら、隣の団子屋で聞いてみたらいい。それにしても、あんなに子供をかわいがってたのに、変われば変わるもんだな。みんな、男次第ってことか」

「男によって、女は変わるって言いますからね」

「あんたもずいぶんと、女を変えてきたんだろうよ」

亭主の軽口を、菊之助は苦笑いで返した。

煮売り屋の主人の話は、かなり先行きの見通しを開けさせてくれるものであった。

「その男ってのが、お加代さんの亭主を殺し、そして豊吉とお春を悲惨な目に遭わせた元凶ってことかい。絶対に、許しちゃおかねえ」

菊之助の口調が、荒ぶれる。唇がちぎれるほどに噛んでの苦渋であった。

「そうだ。もしかしたら、新たに雇った板前ってのが、お加代の男だったのかもしれねえ」

「顔を知ってますんで？」

「いや、俺は会ったことはねえ。それも、団子屋で訊いたらいいだろ」

煮売り屋の主人との話は、やはり四半刻で足りるものではなかった。

「それにしても、お加代がそんなに馬鹿だったとは、まったくといっていいほど思ってもいなかったぜ」

「お加代さんもそうだけど、すべて悪いのは男のほうですよ。女は、かわいそうなもんです」

「本当に、女のことが分かっているようだな。色男には、敵《かな》わねえ」

主の苦笑いを見て、菊之助は煮売り屋の外へと出た。

向こう三軒先に『上野名物　焼き団子』と書かれた幟《のぼり》がはためいている。その一軒先に、雨戸が閉まった店がある。どこも、普段は閉めない雨戸である。お加代が商っていた小料理屋は、今は空き家となっている。

# 五

団子屋では、お加代の亭主が死んだあとのことを聞ければよいと思った。緋毛氈《ひもうせん》がかかった長床机がいく脚かあり、茶屋の風情もある。菊之助は、食いたくもない焼き団子を二本ほど頼み、口に一玉入れた。

「……どこが名物なんだ？」

これも、口に出さない呟きであった。ぬたぬたして、やたらと歯の裏にくっつく。食感の悪さに閉口するも、口から出る言葉は別のものであった。

「うまいね、これ。さすが、名物だ」

「ええ、きょうはいいお天気で」

団子屋の婆さんの、応対であった。耳が遠いらしい。六十を遥かに超したと見られる老婆だけに、菊之助はお加代のことを聞くのに戸惑いがあった。

「お婆さん、お一人ですか？」

埒《らち》が明きそうもないと、菊之助は声を大きくさせた。すると奥から、老婆の子と見える、三十前後の年増が出てきた。

「何か、ございまして？」

怒鳴り声と聞こえたのだろう、客の苦情かと眉間に皺《しわ》を寄せる神妙な面持ちであった。

団子の不味《まず》さで敬遠するか、客がいないのが幸いした。茶屋の女将を引き止めるのに、余計な気遣いはいらなそうだ。

「いや。女将さんで……？」

「ええ、そうよ。お客さん、この店はじめてね。もしかしたら、役者さん？」

「いや違うけど、よくそう訊かれる」

「弁天小僧の当たり役、羽左衛門にそっくり」

お世辞のいい、女将であった。これならば話はしやすいと、菊之助はさっそくお加代の事情を訊ねることにした。

「ちょっと、訊きたいことがあるんだけどいいかい？」

菊之助は、話す相手により言葉を改める。

「ええ、いいけど……どんなこと？」

「お隣さんのことなんだけど」

「ああ、お加代のこと。まったく、しょうのない女なんだから」

にこやかだった顔を歪ませ、女将が吐き捨てるように言った。菊之助を見る目も、いく分吊り上がっているようにも見える。

「だけど、なんでお客さんがお加代のことを？」

「実は……」

菊之助は、これまでの経緯を説いた。長い語りであったが、その間客もなく途切れることなく話すことができた。

「まあ、豊吉とお春ちゃんを……。どこに行ったかと心配してたけど、これで安心したわ」

女将は、目尻を下げてほっと安堵した様子がうかがえる。

「そうだ。あとで団子を焼いてあげるから、豊吉とお春ちゃんに食べさせて」

「そいつは、すまない。いただくけど、勘定は払うよ」

この客のなさでは、無料《ただ》でもらうわけにはいかない。

豊吉の口数が少ないのは、大人しい性格ではなく、心を閉ざしてのことである。隣家の団子を土産《みやげ》に持って帰れば、豊吉も心を開くかもしれないと菊之助は考えた。

「それで、三軒向こうの煮売り屋のご主人に聞いたのだけど……」

一つだけ語りに触れなかったのは、お加代の亭主が不倫相手に殺されたということだ。これは煮売り屋の亭主が、町奉行所の役人にも語らなかったことである。

「ええ。亭主の浩吉《こうきち》さんが、与太者との喧嘩で殺されちまってね、それからお加代はすっかり人が変わっちまった」

お加代のその後は、煮売り屋の亭主の話で分かっている。菊之助は、さらに肝心なことをこの女将から聞こうと口にする。

「豊吉とお春が、虐待されてたってことはなかったかい？」

「なんで、それを……？」

「二人の体に、棒かなんかで打たれたような痣《あざ》があって……」

するとと、にわかに女将の目に涙が浮かび、そしてこぼれ落ちた。

「そうだったの。嗚呼《ああ》、かわいそうに」

頰を伝わる涙を、袖で拭いながら女将が語る。

「浩吉さんが亡くなったあと、しばらくして店を開けたのだけど、そこで雇った板前とお加代はできちまったのよね」

煮売り屋の主人の話では、お加代には亭主とは別の男がいた。話は若干異なるが、ここは問題ではないと菊之助は黙っていることにした。

女将の話で間男《まおとこ》と新たに雇った板前が、同じ者であることが確認できた。

「それからよ、豊吉とお春ちゃんの泣き声が聞こえるようになったのは」

「虐待で……？」

「ええ、そうよ。二人を叩いていたのは、男のほう。『この、ばかやろー』って、いつも怒鳴り声が聞こえてた。そのあとすぐに子供たちの泣き声……あたし、耳を塞いでたわ。お加代は男の虐待を、止めようともしなかった。あたしは、見かねて御番所に訴えたのよ。でも、御番所は動くのが遅かった。お役人が来たときは、お加代と男はいなくなったあと。ええ、豊吉とお春ちゃんを捨ててね」

団子屋の女将が、鼻を啜りながら語る。鼻水と涙が混じり合って、あとの言葉が出てこない。菊之助は、懐にある手布《しゅきん》を女将に渡すと、それで鼻をかんだ。

菊之助は黙って、話の先を聞く。

「そのうち親は戻るだろうからと、役人は豊吉とお春ちゃんをそのままにして取り合わない。だから、あたしが面倒を見ようと思っていた。だけど……」

女将が菊之助の手布で、またしても鼻をかんだ。

「三食ご飯を作って届けてたけど……五日ほど前からいなくなっちゃったのよ、あの二人……おっ母さんを捜しに行ったのね」

女将の顔は、涙と洟水《はなみず》でぐちゃぐちゃである。言葉も、途切れ途切れとなった。

菊之助も、こみ上げるものを感じたが、そこはぐっと我慢をする。自分が泣いても、それを拭う手布がない。女将の嗚咽《おえつ》が治まるまで、菊之助は語りかけることなく待った。

「きっと、あの二人……」

しばらくの間をおき、ようやく女将の口が動いた。

「おっ母さんを、捜しに出たのよね。あんな、薄情なおっ母さんでも、やはり恋しいものよ。そりゃそうよ、浩吉さんが生きていたときは、あんなに優しかったんだもの。あたしたちにも『――これ、売れ余ったものだけど、おばあちゃんと食べて』なんて言って、お惣菜をよく持ってきてくれた。お加代にも、そんないいときがあったのよ」

女将の語りが、流暢になってきた。これが機とばかりに、菊之助が問う。

「お加代さんと出てった男の顔を、女将さんは知ってるので？」

「ええ。あまり、面と向かったことはないけど。三十前後の、遊び人風。板前だなんていってたけど、料理なんて何も作れなかったわよ。遊び人の形《なり》で、いかにも博奕打ちって感じ。子供を苛《いじ》めるなんて、最低だわ」

泣き顔が、今度は真っ赤になって怒り顔となった。

「どんな面を……ええ、捜し当ててとっちめてやる」

菊之助も、怒り口調となった。

以前、鼻の横の黒子《ほくろ》が特徴となって、相手を捜し当てたことがある。それと同じ手を使おうと、菊之助は考えた。

「それで、顔に特徴は？　たとえば、鼻のよこっちょに黒子とか……」

「うーん、黒子はなかったわね。顔は太からず細からず、ごく普通。ちょっと、浅黒いのはよくいるし。いい男でもなし、醜男《ぶおとこ》でもなし。鼻は高からず、低からず……そのへんによくいる、つまらない奴」

女将からは、顔の特徴は引き出せなかった。

「ちょっと、待って。そうだ、大きな特徴……これって、特徴になるのかしら？」

「なんでもいいから、言ってくれ」

「あのひと、左手の小指がなかったわ。ほとんど、根元から。あれ、きっとやくざで指を詰められたのよ」

「遊び人というより、やくざか……博奕が好きなわけだ」

今朝方聞いた、銀次郎の話を思い出す。

「そうだ、もう一つあった。お加代から、こんなことを聞いたことがある。愛人とは言わなかったけど、新しい板前は将棋が大好きで、賭け将棋にのめり込んで困るとか言っていた。今思えば、あれは愚痴ではなく、のろけも半分入っていたのよね。顔が笑っていたから」

「……将棋か」

将棋なら、菊之助も腕に覚えがある。内藤新宿で遊んでいたころ、将棋道場に出かけては、賭け将棋で糊口《ここう》を凌《しの》いでいたことがある。あまり強くなかったので、自分より弱い相手を探しては、勝負に引きずり込んでいた。

「将棋だとすると……」

菊之助は、ある男の顔を思い浮かべた。同じ長屋に住む、自称『天竜《てんりゅう》』と名乗る、これもけったいな男で賭《か》け将棋を生業《なりわい》としている。俗にいう真剣師というやつだ。天竜を訪ねれば、何か知れるかもと、菊之助は俄然意欲が沸いた。

「いいこと聞いた、女将さん」

念のためと、お加代が行きそうな心当たりを訊ねたが、団子屋の女将では知るよしもなかった。串団子を十本ばかり土産で買って、菊之助は池之端をあとにした。店を出る際、洟をかんだ手布を返すと言ったが、いい話を聞けたお礼にと差し上げ、菊之助が受け取ることはなかった。

煮売り屋と団子屋で、おおよその話は聞けた。あとは、豊吉とお春を捨てて逃げたお加代と間男を見つけ出すだけだ。その間男こそ、二人の子どもの父親を殺した下手《げしゅ》人《にん》でもあるのだ。

菊之助は、これを黙っては見過ごせない性分である。浅草諏訪町への帰りの道を、菊之助は裾を翻《ひるがえ》して急いだ。花柄の長襦袢が露わとなって、風にはためく。

六

菊之助は、けったい長屋に戻ると、真っ先に隣の引き戸を開けた。いち早く、豊吉とお春に団子を食べさせようと思ったからだ。経木に包まれた団子を見て、兄妹が目を丸くしている。見覚えがある団子だ。

「お隣の、お団子屋さんで買ってきた」

「なんで、家がわかったの？」

珍しく、豊吉から問いかけてきた。これを菊之助は、心が開いたものと取った。

「豊吉が喋らなくても、分かることだ。このお兄《あに》いさんは、勘がいいもんでな」

菊之助は自分を持ち上げたが、豊吉とお春の顔は晴れてはいない。

「団子屋のおばさんがな、これを二人に食べさせてあげてと持たせてくれた」

　本当は、銭を払って買ったものだが、人の好意と情けが身に染みると思いあえて方便を口にした。

　しかし、二人は団子に手を出そうともしない。むしろ、顔を顰《しか》めて敬遠しているようだ。夕刻も近くなり、腹は減っているはずなのだが。

「どうして食べない？　遠慮しなくていいんだぞ」

　それでも二人は、首をそろえて振るだけだ。やはり、団子だけで心を開かせるのは、難しいものだと菊之助は思った。

「いやならば、無理して食べなくてもいいけどな」

「うん、食べる。お春も食いな」

　豊吉が団子の串を摘《つま》んで、お春に手渡す。すると、お春の顔がさらに歪みを見せた。

「あんちゃんは、食うからな」

　どうも、二人の様子がおかしい。食べるのに、ためらいがあるようだ。

「毒なんて、入ってないぞ」

　ためらいは、そんなところから来ているものと菊之助は取った。だが、それが勘違いだったのは、お春が団子を一口含んだところで分かった。これまで以上の、顰め面となったからだ。

菊之助は、一口含んだときの、団子の味を思い出した。あの食感は、子供でもいただけないのであろう。豊吉とお春は、団子の味をすでに知っていたのであった。

「おいしいな、お春」

それでも、健気《けなげ》に気を遣う。他人《ひと》の情けだけは、感じ取ったようだ。そこで菊之助は、改めて問うことにする。

「二人の家は、不忍池のほとりだな？」

「うん」

「おっ母さんの名は、お加代というんだね？」

その名を聞くのがいやか、豊吉は眉間に皺を寄せて、小さくうなずいた。

「新しく来た、板前の名はなんていうんだ？」

「知らない、あんな奴」

自分らを、痛めつけた男である。これだけは知っていても語りたくはないと、豊吉の強い意志を感じた。悔しさが、顔に滲み出ている。

「そいつの名が知れればな、おまえたちが味わった以上の痛みと苦しみを与えてやることができるんだ。名を口にするのもいやだろうが、このおれにだけ、そっと教えてくれ」

菊之助は、豊吉の言葉を聞き逃すまいと、耳を傾けた。

「たけぞう……」

それでも豊吉の声は小さく、菊之助の耳には届いていない。

「聞こえなかった。もう一度言ってくれ」

「たけぞうっての。おっかあが、そう呼んでいた」

はっきりと口にしたのは、お春であった。遺恨はお春も根深い。そんな恨みがこもるような口調であった。

たけぞうとは、どんな字を書くかまでは分からない。だが、これで三つの特徴が手に入った。

左手の小指、将棋好き、そしてたけぞうという名であった。これだけそろえば、かなりの手がかりである。

「お父っつぁんの仇《かたき》を取ってやれるぞ」

「かたきって？」

豊吉とお春は、自分の父親が誰に殺されたのか知らないのだ。衝撃を与えてはまずい。まだ、本当のことを語るには早いと、菊之助は口を滑らしたことを後悔した。

「いや、なんでもない。亡くなった二人のお父っつぁんも、さぞや悔しいかと思ってな」

ここは誤魔化すことにしたが、そこまで知っているのかと、豊吉とお春の驚いた目が向いている。

向かいの棟に、天竜が住む。菊之助は、外に出ると溝《どぶ》を跨《また》いだ。

壺振師の銀次郎とは隣同士で、博奕打ちが並んで住んでいることになる。左隣は講釈師の金龍斎貞門が住む。「……そういえば、講釈師に壺振師に真剣師と、みんな師がつくな」と、つまらぬことを呟きながら菊之助は天竜の家の前に立った。

「天竜さん、いるかな？」

将棋の真剣師とならば、夕刻あたりが書き入れだろう。留守を承知で、引き戸の前に立った。

「ごめんよ、天竜さんいるかい？」

障子戸を開き、中に声を投げた。

「誰だい？」

「おっ、いた。こいつは、ありがたい。向かいに住む、菊之助だけど……」

「弁天さんか。あんたが来るのは珍しいな」

天竜は、菊之助のことを弁天さんと呼ぶ。一度、風呂屋で菊之助の背中を見たときから、そう呼んでいる。

三和土《たたき》に立つ菊之助の前に、入道のような男が現れた。髪の毛は一本もなく、見事に禿げ上がっている。齢は四十前後で、小袖の上に黒の十徳《じっとく》を羽織っている。

「これから将棋の会所に出かけようとしてたんだが、何かあったかい」

「ええ、ちょっと天竜さんに話が。出かけるんなら、あとでもいいけど」

「いや、せっかく弁天さんが来たんだ。将棋より、話のほうが先だ。いいから、ちょっと上がりな」

畳の上に、将棋盤が置いてある。いつでも修業は怠りないのだと、菊之助は感心する思いであった。

狭い六畳で、大男が二人向いあった。

「話ってのは、なんだい？」

「豊吉とお春のことなんだが……」

二人のことは、天竜も知っている。長屋のみんなが、共有している事柄であった。

天竜も、賭け将棋で儲かったときは、饅頭《まんじゅう》などを買ってきては差し入れていた。

「俺に、関わることとか？」

「ええ、ちょっとだけ。話が、長くなるけどいいですかい？」

「ああ、かまわねえよ。きょうは、勝負の約束もねえんで、ゆっくり話が聞ける」

真剣師は、勝負の果たし合いを申し込まれることがよくある。それを受けたときは、親の死に目を差し置いてでも行かねばならない。普段は将棋会所に詰めて、鴨《かも》となる相手の到来を待つのが仕事であった。

「実は……」

菊之助は、不忍池の池之端で聞いてきた話を、細かく語った。

「そんなことがあったのかい、かわいそうにな」

天竜はまず、豊吉とお春に憐憫の情を向けた。

「ゆうべは、銀次郎の賭場に来てたのか。相当に、博奕好きな男だな。俺も他人《ひと》のことは言えねえけど」

賭け将棋を生業としていれば、博奕好きを卑下できない。

「だが、非道ともなれば話は別だな」

「それで、天竜さんはたけぞうって男に覚えはないですかい？」

「俺たちは、真剣で指すとき、いちいち相手の名を聞かねえんでな。だが、俺みたいに強くなると、その名が世間に轟く。たけぞうって名は聞いたことがねえんで、そんなには強くはねえんだろ」

天竜の話に、菊之助は失望を感じた。考えてみれば、江戸中に将棋会所はどれほどあるか分からない。賭け将棋好きも、ごまんといるだろう。ただ将棋好きというだけで、天竜と結びつけたのは浅はかだったと、菊之助は悔いる思いであった。

「まあ、俺がたけぞうって奴を知らねえだけで、会所の席亭なら知ってるかもな。俺もあちこちの会所に顔を出すんで……」

「席亭なら、客の名をみんな知ってるんで？」

菊之助が、身を乗り出すようにして訊いた。

「ああ。何かあったら、届け出なくちゃいけねえんでな。だが、真剣師で本当の名を語る奴なんて誰もいねえよ。現に俺も、天竜てのは通り名で本名じゃねえ。おそらくたけぞうって名では、賭け将棋はしてねえだろうな」

博奕は天下のご法度である。役人の手入れがあったとき、素性を誤魔化すための二つ名だと天竜は言う。

「そうでしたか。となると、将棋会所を回ってみても……そうだ！」

菊之助は、肝心なことを失念していた。

「何か、あるかい？」

「そのたけぞうって奴は、左手のえんこが詰まってるってことだ。将棋指しに、そんな奴はなかなかいねえでしょ」

「左手かい。勝負しているときは、なかなか相手の指なんぞ見てねえからな。とくに駒を動かす利き手でないほうは、気に止めたことはねえ」

これもけっこうな手がかりと思ったが、菊之助は肩透かしを食らう心持ちとなった。

天竜から有力な話が聞けるだろうと、意気込んできたがどうやら期待外れで終わりそうだ。これならば、銀次郎に聞いたほうがよかったと、菊之助は肩を落とし、腰を浮かせた。

「すいませんね、邪魔をしちまった」

「ちょっと待ちない、弁天さん。俺が知らねえからって、そんなにしょげることはねえだろ。これから、俺と一緒に会所に行かねえか。そこならいつも、少なくても十人は将棋を指してら。仕事帰りに一番ってんでな。そいつらに聞けば、何か分かるかもしれんぞ」

「すぐにも、行きましょうぜ」

俄然やる気が出たとばかりに、菊之助は立ち上がった。

「きょうは、浅草広小路の将棋会所に行くけど……」

「どこだって、かまわねえでさ」

「賭け将棋が好きで、左手のえんこが詰まっていて、三十前後の遊び人風とそろえば、意外と早く居所が知れるかもな」

「それと『たけぞう』って名がありますよ」

「そうだったな。それじゃ、行くかい」

天竜の禿頭が、一瞬光を放ったように菊之助には感じられた。


昨今は将棋も囲碁も、庶民の道楽としてかなりの普及を見せていた。碁会所や将棋会所は、暮れ六ツころが一番込み合うという。その日の仕事を済ませた職人たちや商人が、駒音を響かせにやってくる。とくに、浅草広小路などの繁華街にある会所では、腕に自慢の将棋指しがこぞって集まる。会所の引き戸を開けると、駒音が高く鳴り響く。すでに十人ほどの客が向かい合って盤に目を向けていた。縁台が並び、その真ん中に将棋盤が据えてある。

「天竜さん、今のところあんたの相手になるのはいねえよ」

「そうかい。きょうも稼ぎにありつけねえか」

「そんなに、がっかりするな。二枚落ちならば天竜さんと指してもいいってのが、もうすぐ来る」

会所に入って早々、席亭と天竜のやり取りがあった。二枚落ちとは、飛車《ひしゃ》と角《かく》を除いての、条件戦である。真剣師としての天竜は、かなり名が轟いていると菊之助はその会話からも感じ取った。そして、席亭の顔が菊之助に向くと、小さな会釈を返した。

「そちらの、きれいなお嬢は娘さんかい？」

この日の菊之助のいでたちは、鹿の子絞りの振袖に頭を娘島田に結い直してある。急いで結い直したので、ところどころがほつれている。しかし、一見では男と見破られてはいない。

「――相手をぎゃふんと言わせるんでね、おれは娘の格好をしていくぜ」

たけぞうが来るかどうかは分からないものの、万が一に備えて天竜とはすでに打ち合わせてある。

「いや、娘じゃねえよ。ただ、お嬢のくせして将棋が好きでな。来たいと言うから、連れてきた」

「そうかね。だったらお嬢さん、ゆっくりしていきな。それで、どのくらいで指す？」

菊之助の、将棋の実力を問うた。

「俺とは、五枚落ちかな」

適当なところを、天竜は言った。菊之助としては、あまり喋りたくない。応対は、おもに天竜がする。

「お菊っていうんだが、きょうは将棋を指しに来たんじゃねぇ」

「なら、なんで？」

席亭が、菊之助に向いて問うた。

「ちょっと、席亭に訊きたいことがあるってんだ。なあ、そうだろ？」

「…………」

菊之助の答は、うなずきだけである。声を出して答えるのは、天竜に任せてある。

「かまわねえよ。俺は茶を出すことぐれえしか、仕事がねえんでな。たまには、相手が見つからねえ客の相手になるが……それで、お嬢が訊きたいことってのは？」

五十前後の角ばった顔は、いかにも将棋駒の形を髣髴《ほうふつ》とさせている。

「席亭は、たけぞうって真剣師を知らねえかな？」

天竜の問いに、席亭の首が傾いだ。心当たりがあるようでもあり、なさそうでもある。

「たけぞう……聞いたことがねえな。そのたけぞうってのが、どうしたい？」

「ちょっと事情《わけ》があって捜してるんだ。ある女とできて、その子供を置きざりにして駆け落ちしちまった。子供たちが、その母親を捜しててな」

「その子供ってのが、このお嬢か？」

「いや、その母親ってのがこの娘の姉なんだ」

菊之助は、大きく首を振って否定する。その間、一度も声を出していない。代わりに、天竜が答えた。

「ずいぶんと、無口な娘さんだな」

「ああ。箱入り娘なんで、どうも人見知りする。そんなことより、訊いたことに答えてくれ」

捜す理由は、これだけでも充分である。お加代の亭主殺しのことは、伏せておく。騒ぎが大きくなっては、まずいと思ったからだ。すると、席亭の顔が、将棋を指している連中のほうに向いた。そして、全員に聞こえるほどの大声で問う。

「おい、誰かたけぞうって真剣師を知らねえか？」

手番を待つ側が、一斉に顔を向けた。そして、知らないとの素振りを示した。

「どうやら、ここにはいねえようだな」

この会所は、あきらめようとしたところであった。

「もしかしたら、たけぞうってのは……」

一手指し進め、手番を相手に渡した客からの声であった。

「知ってるんかい？」

席亭が、問いを飛ばした。

「湯島《ゆしま》天神下の、むさしって男じゃねえかな」

客の話に、菊之助は思わず「あっ！」と声を出しそうになった。漢字にして書けば、武蔵となる。それに気づいたからだ。

「……たしかに、たけぞうとも読むな」

菊之助はすぐにも客の脇に立ちたかったが、勝負を邪魔してはまずいと自重した。それと、無闇に動くところではない。もう少し、天竜に応対をまかせることにした。湯島天神と池之端はさほど離れてはいない。お加代とくっついても、なんら不思議ではない。

下谷広小路あたりの会所も頭に入っていたが、天竜のこの問いには、長屋でもってこう答えている。

「――いや、子供を置いて逃げたんだし、あのあたりにはいないでしょうよ。いるとすれば、むしろ浅草《ここ》あたりかもしれない。きのう銀次郎の賭場に、それらしき男女が客として来てたと言ってたからね。下谷よりも、浅草にいる公算が強い」

下谷稲荷は、浅草にも近い。豊吉とお春は、何かを知っていてそのへんにいたのではないかと菊之助は読んでいた。

やがて勝負がついたか、心待ちにしていた客が縁台から立ち上がった。

「ちょっと、さっきの話を聞かせてくれねえか」

席亭が、その客を呼んだ。四人が一つの席に固まる。そして、天竜が改めて、事の経緯を語った。みな、天竜には一目《いちもく》も二目も置いているから、真剣に話を聞いている。将棋でも囲碁でも、実力さえあれば人格的にも崇拝される。

すると、客の口から驚愕の言葉が発せられる。

「だったら、そのむさしに間違いがねえな。そいつの左手の小指は詰まってた。やはり、三十前後の男で賭け事が好きだった」

「今の居所は知ってるので？」

天竜の問いに、菊之助は体を前に傾けながら訊いている。

将棋好きは、いろいろな会所に顔を出す。たけぞうが、渡り歩いて浅草広小路に顔を出すこともあるだろう。そんな期待を、菊之助は抱いた。

「いや、あっしはたまたま下谷に仕事に行き、ちょっと暇ができたんで会所をのぞいたんだ。武蔵ってのと指したのはそのとき一回だけで、三番指した。振り飛車一辺倒で、角の使い方がうまい……」

「その方《かた》は、今どちらに？」

将棋の話をさせたら長くなりそうだと、菊之助は話を遮って女言葉で問うた。初めて喋った菊之助に、席亭は驚いた顔をしている。

「いや。その男と将棋を指したのは二月《ふたつき》ほど前で、それからは顔を見ちゃいねえ」

二月も前のことならば、銀次郎の話のほうが遥かに有望である。それでも、一つだけ手がかりを知れたのは『むさし』が通り名で『たけぞう』が本名ってことだ。お加代は、本名で呼んでいたのである。将棋会所では、むさしのほうで捜せばよい。

「そいつなら、これから会所《ここ》に来るはずだぜ」

一局を終えた客が、立ち上がって言った。勝負に没頭しているかと思いきや、こっちの話を聞いていたのである。

「なんですって？」

これには、菊之助が驚愕する。菊之助ばかりでない、天竜の禿頭に赤みがさした。

「なんで、そのことを知ってるい？」

天竜の問いであった。

「俺が、きのう呼んだからよ」

遊び人風の、いかにも無頼《ぶらい》といった感じの男であった。仕事よりも、賭け事に精を出す、典型的な風貌である。いい話が聞けそうだと、菊之助の気持ちが高まり、問いを放つ。

「きのうですか？」

「ああ、黒門一家の盆でな、たまたまそいつと一緒になった」

菊之助の体の正面が、その男に向いた。

「やはり賭け将棋が好きでな、俺も三度ほど指したことがある。名がむさしってのは今知ったが、その男天竜さんを捜してたぜ」

「俺をか……？」

どうやら、むさしは天竜に挑戦するために来るようだ。

「席亭に、天竜さんと二枚落ちで指したい男がいるって言ったのは、この俺だ」

二枚落ちとは、飛車と角を取り除いた、かなり大きな負担条件である。勝負を均等にするため、その条件を提示されるということは、天竜はかなり強いということだ。

それもそのはず、天竜は将軍家御用達、将棋家元十一代大橋宗桂《おおはしそうけい》の弟子だったことがある。まともな職業棋士であったが、ちょっとしたいざこざに巻き込まれ、破門となって真剣師に身を落としていた。職業棋士としての実力は五段とも、八段ともいわれている。素人将棋の名人でも、飛車落ちでも敵わないとされているほどの腕だ。それほどともなると、相手を見つけるのも一苦労らしい。

「そのむさしって奴、きのうの賭場でけっこう儲けやがって、それを軍資金にして天竜さんに挑みたいらしいぜ」

「どのくらいの、指し手だ？」

「けっこうな、強さだ。俺が平手《ひらて》で十番指しても、勝てるのは一度か二度くれえだ。素人将棋の六段くれえかな」

「それなら、二枚落ちでちょうどいいな」

天竜と男の話を聞いていて、菊之助はふと妙案を思いついた。

「もしよかったら、天竜さんと勝負の前にあたしとやらせてもらえないですか？」

菊之助が、勝負を買って出るという。娘言葉の、長い台詞《せりふ》であった。高い声でこれ以上喋ったら、咽喉《のど》がひりひりしてくる。

「そうだな、お菊ちゃんが一局指してみるか？」

筋書き通りになってきたと、菊之助と天竜は顔を見合わせてほくそえむ。

天竜が言ってるそばで、将棋会所の引き戸が開いた。

入ってきたのは、三十前後の男と女の二人連れであった。

## 七

菊之助も、初めて見る女であった。

――お加代に間違いねえだろう。将棋会所まで、一緒にくっついてくるのかい。

「……仲がいいこったぜ」

誰にも聞こえぬほどの声で、菊之助は呟いた。だが、女のほうは姉との触れ込みである。席亭に訊かれたら、どう切り抜けようかと考えていた。

「――この女《ひと》は違うと言えば済むことか」

さほど、難しい問題ではなかった。それよりも、どうむさしのほうを陥《おとしい》れるかだ。

「あんたさんかい、天竜さんに勝負を挑みたいってのは？」

席亭が、男のほうに訊いた。

「ああ、そうだ。ここに来れば、天竜さんと指せるって聞いたのでな。ほれ、そこにいる人からだ」

「ああ、聞いてるよ。天竜さんは、この禿げ頭の人だが……」

席亭が、天竜を紹介した。

「俺が天竜だけど、あんたは？」

「むさしっていいやす。宮本武蔵の武蔵で通してやす」

菊之助は念のため、武蔵の左手に目を向けた。やはり、小指が根元から詰まっている。やくざの折檻で、落とされたものに違いない。

「ずいぶん強そうな名だな。俺と二枚落ちで指したいとか？」

「ええ、それでお願いできればと。天竜さんの噂は、よく聞いてますので」

「かまわねえけど、俺は真剣だぜ」

「もちろん。そのつもりで、来ました」

「それで、いくら賭ける？」

「十両ってところで、どうでしょうかね？」

武蔵のほうから、賭け金を切り出した。

「十両って、おまえさん……」

あまりにも大金だと、お加代と思われる女が口を出した。

きれいな女を菊之助は想像していたが、器量だけを言えば並である。いや、少し落ちるかもしれない。こういう女だからこそ、一度男に溺れると節操が利かなくなり、悲惨な一路を辿ってしまうとは、よく聞く話である。

「おめえは黙ってろ。懐の暖《あった》けえうちに、でかい勝負がしてえんだ」

遊び人風情の十両といえば、かなりの大勝負である。一両あれば、町人一家が一月は暮らせる額である。

「俺は、かまわねえよ。だが、俺との前に、この娘と指しちゃくれねえか？」

天竜は、菊之助に顔を向けて言った。

「あんたが、俺と？」

武蔵が、眉間に皺を寄せ訝《いぶか》しげに訊いた。

「ええ、お願いします」

「平手でいいのかい？」

「ええ……」

「それで、あんたはいくら賭けるい？」

「十両」

菊之助が、自信ありげに言った。しかし、素振りは娘である。

「おい、初めてにしちゃ、額が大きすぎるんじゃねえのか？」

天竜がたしなめ、会所の席亭から客からみんな驚く顔を向けている。ちょっとした、ざわめきが起きた。

「ですが、今は持ち合わせが……」

ここで菊之助は、咽喉《のど》に精一杯の負担をかけて長台詞を放つ。

「もしもわたしが負けたら、すまないけど諏訪町の頓堀屋という材木屋に取りに来てもらえませんか。間違いなく、お支払いしますから」

「……頓堀屋？」

そこまでは打ち合わせをしていない。一瞬首を捻った天竜だが、菊之助に策があるのだろうと言葉を添える。

「こいつの家は、ええ金持ちなんでな。取り立ては、心配することはねえよ。俺が保証する」

――さすが、将棋指しのことだけある。読みは、鋭い。

菊之助は思うも、口にはしない。

「分かった。だったら、こっちこそ願うとするかい」

菊之助と武蔵の勝負がはじまる。

「おまえさん、がんばってよ」

女の励ましが、武蔵に向けられた。

――何ががんばってよだ、この馬鹿女が！

自分の子供が虐待されるのを見て見ぬ振りをし、そして、ついには見捨てた。その子供たちが、今がどういう境遇にあるのか、まったく頭の中にないらしい。すべては男にしか視線が向いていない。女の性とはいえど、あまりにも非道で嘆かわしい。こんな女から生まれた、豊吉とお春が不憫でならない。菊之助は、無性に腹が立っていた。

内藤新宿にいたころだから、菊之助にとってはおよそ五年ぶりの将棋である。

将棋の実力は、歴然の差があった。

王手飛車の両取りを食らったが、待ったは許されない。やがて、菊之助の王将は風前の灯火《ともしび》となった。

「負けました」

菊之助が投了し、五十手も指さないうちに勝負がついた。

「なんでえ。十両も賭けたってのに、ずいぶんとあっけねえな」

十両儲けた喜びから、武蔵は笑顔となってご機嫌である。

「払いは、間違いねえよな?」

「ええ。あすの昼、取りに来てもらえますか。諏訪町で材木屋は頓堀屋一軒ですから
すぐに分かります。そこで、お菊はいるかと言ってください」

菊之助の女声も、限界に達していた。尻のほうが、かすかにかすれてきている。

「よし、分かった。お加代も聞いてたよな」

やはり、お加代で間違いがなかった。

「ええ、聞いてたわよ。諏訪町の頓堀屋でしょ。あしたの昼には、必ず行きます」

お加代と菊之助が、初めて顔を向き合わせた瞬間であった。

「それじゃ、俺と指すか」

天竜が、武蔵を誘った。

こちらの勝負は拮抗し、なかなか勝負がつかない。

暮六ツ半ごろからはじまり、一勝負に一刻以上がかかっている。決着がついたのは、
町木戸が閉まる夜四ツに、四半刻を残すばかりであった。

飛車角落ちで劣勢であったが、中盤で形勢が互角となり、最後は天竜が寄せきった。

元職業棋士の実力を、まざまざと見せつけられる一局であった。

「なんだい、おまえさん。これじゃ、くたびれ儲けじゃないかい」

お加代が、難癖を言った。

「ばかやろ。こっちの娘に勝たなかったら、みすみす十両失うところだったぞ」

「そうだったねえ。ありがたいと思わなくちゃ、いけないねえ」

「ああ。それじゃお嬢、あした取りに行くから金を用意しといてくれ」

「分かりました、お待ちしております。ご新造さんも、一緒に来てくださいな」

これ以上丁寧な口調はないといった調子で、菊之助は返した。

「ええ、必ず行きますとも」

菊之助の話に、疑いもなくお加代がうなずく。それほど十両という金は、人を惹きつける。

明日金が入るとの気持ちからか、天竜にはためらいもなく十両払って、武蔵とお加代は会所を出ていった。

最後まで、男とばれずに済んで菊之助もほっと一息ついた。この策は、最後まで娘を通さなくてはいけなかったからだ。

「こんな大勝負、久しぶりだな」

十両をせしめ、天竜の笑いが止まらない。

「そろそろ帰りましょうか」

木戸が閉まってしまうと、菊之助と天竜は将棋会所をあとにした。

朝早く、菊之助は大家高太郎のところに出向いた。

高太郎に惚れて、先日からお亀が住みついている。ただし、奉公人の女中としてである。巾着切りから、完全に足を洗うためであった。そのお亀が、茶を淹れてもってきた。

「いらっしゃいませ、菊之助さん。からっ茶ですけど……」

「お亀ちゃんは、いい嫁さんになるぜ」

「はい、ふつつかですけど……」

恥じらいからか、お亀の頬がかすかに赤く染まった。お亀の行儀も大分よくなり、菊之助も一安心である。

「ところで、大家さん……」

菊之助が高太郎に、昨夜の経緯を細かく語った。

「ほんま、よかったでんなあ」

豊吉たちの母親が見つかった件《くだり》では、高太郎も目を細めて喜ぶ。

「それで、ちょっと仕掛けたんだ。大家さんにも、一芝居乗ってもらいてえ」

今の菊之助は、娘に化けてはいない。普段どおりの、派手な着物を纏った遊び人風である。こと細かく、高太郎に策を授けた。

「かしこまりました。店の者たちにも、よく言って聞かせます」

店の使用人を巻き込まないと、この策は成立しない。

「そこで、大家さんに頼みなんだが……」

「なんでっしゃろ？」

「そいつに払う十両、貸してくれねえかな」

「菊之助はんが、持ってるんでないんかい？」

「おれが持ってるはず、ねえだろ。豊吉とお春のためだ、いいから出しない。たった十両くれえで、潰れる店じゃねえだろ。どうせ、他人の家の火事で焼け太った身代だろうに」

「けったいなこと、言わんといてや。分かりましたさかい、お貸ししますがな。利息は、高いでっせ」

「大家さんは、いつから高利貸しになったたい。素人さんが、利息なんてことを言っちゃいけねえな。人でなしと言われてもいいんですかい？」

「そんな無茶な。ほんと、あんさんにあっちゃ敵いまへんわ」

高太郎から十両を借り、菊之助は武蔵が来るのを、豊吉とお春の家で待つことにした。


正午少し前に、頓堀屋に男女の客が現れた。

「ここに、お菊という娘はいるかい？」

男は武蔵で、女はお加代であった。頓堀屋の奉公人は、みなこの二人が訪ねてくるのを知っている。「ちょっとお待ちを……」と言って、相手をした手代が高太郎を呼びに行く。

「お菊に用事があるというのは、あんたはんでっか？　お菊なら近くに出かけているさかい……」

「お菊さんに、十両という金を預けてるんだが。留守だったら、あんたが出してくれねえか？」

「その話なら聞いてまっせ。十両取りに来る人がいるから、連れてきてくれと言ってました。これから手前が案内しますんで、一緒に来てくれますか？」

「遠いんで？」

「いや、道を渡ったところです。近いでんがな」

高太郎が先に立ち、けったい長屋へと二人を案内する。

正午を報せる鐘の音が、浅草寺のほうから聞こえてきた。

「おじちゃんは、なんでここにいるの？」

寝っ転がる菊之助に、豊吉が訊いた。

「今は言えない。だから、もう少し待ってな」

母親に逢わせてあげるとは、まだ言えない。それから間もなくしてであった。

「菊之助はん……」

閉まった障子戸の外から、高太郎の声が届いた。

「……来たな」

一言呟き、菊之助は立ち上がった。そして、三和土に下りると引き戸をあけた。

「連れてきましたで」

高太郎のうしろに、武蔵とお加代が並んで立っている。

「お菊さんは、こんなところにいるんで？」

武蔵が、訝しげな表情でもって言った。

「ええ、おりまっせ」

しかし、出てきたのは派手な形《なり》をした遊び人風の男である。

「お菊さんは、どこにいるんです？」

お加代の問いであった。

「まあいいから、中に入ってくれ」

菊之助が、二人を家の中にと引き入れた。

「おや、お子さんがいるので？」

お加代が、奥に顔を向けた。すると、そのすぐにその顔面が引きつりを見せた。

「おっかあ……」

「おっかちゃんだ」

豊吉とお春が、同時に声を発した。ガタガタと震え、お加代は声を返せない。

「お菊ってのは、男だったのかい。どうも、おかしいと思ったぜ」

武蔵のほうは動じないか、睨む目を菊之助に向けた。

「約束だから、十両はくれてやる。その代わり、この子たちの母親は置いていけ」

「うるせえ！　てめえの出しゃばることじゃねえ、黙っていねえとぶっ殺すぞ」

武蔵の怒声が、長屋中に轟く。

「うるせえのはてめえのほうだ、このすけこまし野郎！　静かにしやがれ」

菊之助は、一段高い框《かまち》に立って片肌を脱いだ。二の腕に彫った緋牡丹を晒し、武蔵に向けて啖呵《たんか》を放つ。

「おう、間男野郎……ぶっ殺すと言いやがったたな。おもしれえからやってみなってんだ。どうせ、子供相手にしか喧嘩できねえ外道《げどう》のくせしやがって、そんなでけえ口叩くんじゃねえ」

お嬢とはまったく正反対に、声音にドスを利かせ、菊之助が威嚇する。そして、留めの一発が放たれる。

「てめえはこれからお縄になって、小塚原《こづかっぱら》の獄門台に晒されるんだ」

驚く目を向けたのは、お加代のほうであった。

「なんだって。おまえさん、どういうことなのさ？」

「おい、お加代さん。いつまでこんな男にくっついていようとしてやがんで、いい加減にしねえか！」

菊之助の恫喝《どうかつ》が、お加代に向いた。

「あんたの、前の亭主はこいつに殺されたんだぞ。行きずりの、与太者《よたもん》との喧嘩じゃねえんだ。そんとき、煮売り屋の主が現場で声を聞いたんだ。だが、お加代さんの不義が原因と分かったら、この子たちはどうなってしまうかと、役人には届けないでいたってことだ」

「嗚呼《ああ》……」

嗚咽《おえつ》を漏らして、お加代は三和土に頽《くずお》れる。それはやがて、土間に顔をくっつけての号泣となった。

豊吉とお春が、三和土に下りてお加代の背中を揺すっている。

「おっかあ」

「おっかちゃん」

二人からは、その言葉しか出てこない。何を話しかけてよいのか、戸惑っている。

頭の上がらぬお加代に向けて、菊之助はさらに語りかける。

「あんたがこの二人のもとに戻る気があるんだったら、おれがなんとかする。さあ、こんな下衆《げす》野郎と子供たちの、どっちを取る？」

土間に伏せるお加代の体が、ゆっくりと浮いた。

「ごめんよ……おっかあが、悪かった。豊吉、お春……本当にごめんよ」

言ってお加代は、再び土間に泣き崩れた。

「どうやら、子供のもとに戻るようだな」

そして菊之助の顔は、武蔵に向く。

「おい、こういうこったぜ外道。いさぎよく、観念しろい！」

すると武蔵は振り向き、障子戸を開けて飛び出した。しかし、外に出た瞬間、足を止めた。そこには天竜と銀次郎を筆頭にして、長屋の連中が立ち塞がり、武蔵の逃亡を阻止している。

菊之助はゆっくりと三和土に下り、外へと出た。木剣を手にして、武蔵の前に立つと、もう一言言い放つ。

「豊吉とお春が痛めつけられた、それ以上の痛みと苦しさを、この弁天様が味合わせてやる。そこに、座りやがれ」

菊之助は、諸肌を脱いで背中に彫った弁天様を晒した。すると「きくのすけぇー、かっこいい」と、大向こうからかみさん連中の黄色い声がかかった。

「豊吉とお春、出てきな」

菊之助が声をかけると、幼い兄妹が裸足《はだし》で出てきた。

「悔しいと思ったら、この木刀で叩き返せ」

「叩いていいの？」

「ああ、かまわない。ためらうことはないんだぞ」

菊之助から木剣を手渡され、豊吉は地べたに座る武蔵と向き合った。そして一撃、木刀が振り下ろされるとコツンと小さく音がした。武蔵の頭を、軽く叩いただけの仕返しであった。それに倣《なら》って、お春もコツンと叩く。

「よし、それでいい」

言って菊之助は、豊吉とお春をうしろに下げた。

「おい、さっき渡した十両を返してもらおう」

菊之助は強引に武蔵の懐に手を入れると、渡した十両を奪い取った。

「どうせ獄門台に首が載っかるんだ。地獄に行くのに、金はいらねえだろ」

締めの啖呵を放ったところで、町方役人が入ってきた。手はずは、天竜がつけておいてくれた。

「旦那、こいつが池之端で小料理屋の亭主を殺した与太者ですぜ。なんだか、金目当てで襲ったらしいです。だが、そのあと亭主がいなくなったのをいいことに、包丁も握れねえくせに小料理屋に入り込み、この子たちを虐待したんですぜ」

菊之助は、端的に経緯を語った。

「話は分かった。こいつを、お縄にしろ」

小者役人が、早縄を打つ。小料理屋亭主殺害の廉《かど》で、武蔵はしょっ引かれた。

「あたしが、馬鹿でした。今後は絶対に、この子たちを離したりいたしません。ごめんよ、豊吉にお春」

しっかりと二人の子供を抱きしめる、母親の姿があった。

「この十両で、店を立て直しな」

菊之助は、武蔵から奪い取った十両をお加代に渡した。その光景を、大家の高太郎が見ている。

「やりまんな、菊之助はん。十両くらい、差し上げますがな」

高太郎の独り言は、菊之助には届いていない。

時代小説

二見時代小説文庫

大江戸《おおえど》けったい長屋《ながや》　ぬけ弁天《べんてん》の菊之助《きくのすけ》


著者　沖田正午《おきだしょうご》

発行所　株式会社 二見書房
東京都千代田区神田三崎町二-一八-一一
電話　〇三-三五一五-二三一一［営業］
〇三-三五一五-二三一三［編集］
振替　〇〇一七〇-四-二六三九

印刷　株式会社 堀内印刷所
製本　株式会社 村上製本所




ISBN978-4-576-20061-3
https://www.futami.co.jp/